Inhalt

Chanson von Gerhard Rühm 8
Familiengeheimnis 9
Meiner toten Freundin 14
Caritas Romana oder die Liebe der Tochter 21
Busenfreundinnen 26
Das rote Kleid 32
Märtes Stern 38
Wo Onassis starb 46
Wenn du eine Schlange am Busen nährst 54
Kokoschkas Traumfrau 64
Nu de la mer 70
Süßer die Glocken nie klingen 72
Die Venus von Willendorf 77
Eine hübsche Frau. Una donna carina 85
Diagnose Brustkrebs: Drei innere Monologe
Ich will leben! Emilys Monolog 92
Angst! Monolog der Tochter 95
Liebe! Monolog des Ehemanns 99
Alles aus Liebe 103
Fragment einer Brust 110
Doppeltes Lottchen 111
Marlene 116
East-coast-crime 128
Die lustige Witwe 132
Holz [illegible] der Hüttn 140
I[illegible] ... 146

Für Dr. Heinz G. und meine Freundinnen

Ursula Haas

Busenfreundinnen

Als Mädchen bemitleidete ihn meine Mutter,
die Männer liebten und lieben ihn und ich strafte
ihn zeitlebens mit Ignoranz: meinen Busen.
Als ich vor einigen Jahren an Brustkrebs erkrankte, befiel
mich ein schlechtes Gewissen und ich beschloss, ihn nicht
nur zu Kenntnis zu nehmen, sondern ihm Beachtung
zu schenken und sozusagen schriftstellerisch zu büßen.
So entstand, auch mit Augenzwinkern, die Idee
zu diesem Buch. Kurze Geschichten verschiedener Genres
und Poesie um den weiblichen Busen und nicht nur.

Ursula Haas

mein steckenpferd

brüste sind mein steckenpferd
brüste rosig
brüste welk
brüste sind mein steckenpferd
brüste grade
und verkehrt

weiss der teufel was ich will
brüste hüpfend
brüste still
weiss der teufel was ich will
brüste sind mir
weg und ziel

brüste oben
brüste unten
brüste seitwärts
leer und voll
brust und brüste
busen busen
warum macht ihr
mich so toll

brüste sind mein steckenpferd
brüste rosig
brüste welk
brüste sind mein steckenpferd
brüste grade
und verkehret

weiss der teufel was ich will
brüste hüpfend
brüste still
weiss der teufel was ich will
brüste sind mir
weg und ziel

Gerhard Rühm

Familiengeheimnis

„Du musst wissen, Sarah, in unserer Familie teilen sich die Frauen in die, die einen sehr großen Busen haben, und die, deren Busen mit zwei Erbsen auf einem Bügelbrett zu beschreiben sind."

Tante Milenas Stimme kam aus einem breiten Brustkorb, und sie gehörte eindeutig zur Spezies Nr. 1 der Familie. Sarahs deutlich sichtbare Ansätze, auch einmal zu dieser Spezies Nr. 1 zu gehören, schien das Tantchen bei der Ankunft sofort bemerkt zu haben.

Fast einen ganzen Tag hatte Tante Milena von Prag bis nach Bonn gebraucht. Die lange Zugfahrt, die strenge Grenzabfertigung und die mürrischen Kontrollen der kommunistischen Bahnbeamten. Milena stellte ihr Gepäck mitten in der Diele ab, begrüßte Mutter laut und kurzatmig, verlangte nach einem Glas Leitungswasser und setzte sich ans Klavier.

„Das brauche ich jetzt", sagte sie resolut, „das ist besser als Hinlegen", und schon versank sie in den Etüden von Chopin und beseligte sich damit die nächste halbe Stunde.

Mutter stand mit ihrem gedeckten Kaffeetisch und dem selbst gebackenen Zwetschgenkuchen da, stülpte eine gepolsterte Haube über die Kaffeekanne und schickte Sarah in ihr Zimmer, die Hausaufgaben zu erledigen.

Da das Mittagessen ausgefallen war – der Kuchen sollte es ersetzen –, hatte Sarah schlechte Laune. Bei diesem Chopin gingen keine Lateinvokabeln in ihren Kopf, geschweige denn die Lösung einer Physikaufgabe, die die

Entfernung zwischen zwei Sternen im Weltall errechnen sollte.

Nach dem Klavierspiel hielt sich Tante Milena lange Zeit im Bad auf und blockierte damit das einzige Klo der Wohnung. Mit hochglänzenden, roten Wangen – ich hab mir von eurer Nivea Creme und dem Rasierwasser genommen – kam sie sauber und parfümiert, wenn auch in der verschwitzten Reisekleidung schließlich in die Wohnküche, wo die Eltern, sie und Sarah auf der Eckbank Platz nahmen.

Es schmeckte Tantchen sichtlich. Mutter schnitt die zweite Hälfte des Blechkuchens auf. Milena türmte die Sahne auf das Blau der Früchte, auf den Tellerrand, und als die Kuchengabel ihr zu wenig von dem süßen Genuss in den sich weit öffnenden Mund zu befördern schien, nahm sie kurzerhand den Kaffeelöffel. Sie seufzte tief. Wir gönnten ihr diese Freude von Herzen und sahen vornehm darüber hinweg. Sie war ja die arme Verwandte aus dem Osten.

Beim späteren Abendessen machte sich Tante Milena über die Butter her. „Die gibt's bei uns fast gar nicht."

Sie löffelte die Butter aus der gläsernen Schale. Vater schob sie ihr hinüber und holte ein neues Stück Butter aus dem Kühlschrank.

„Seid froh, dass die Tschechen euch vertrieben haben. Ich sehe ja, euch geht's gut!"

Tante Milena bestrich sich die vierte Scheibe Brot mit Butter und Leberwurst.

Sarah verstand die augenblickliche Situation nicht. Da kam eine Tante aus der Tschechoslowakei, die nicht wie ihre Eltern vertrieben worden war, weil sie mit einem Tschechen verheiratet war, und bewunderte ihr bescheidenes Flüchtlingsdasein. Sie hatte doch Haus, Landhaus, Möbel und allen Besitz behalten und schlug sich in unserer ärmlichen Wohnung den Magen mit Sahne- und Butterbergen voll.

So sind Verwandte, schloss Sarah, und genierte sich für die fremde Frau.

„Wann geht ihr denn schlafen?", fragte Milena und erklärte, ihre Zeit sei zweiundzwanzig Uhr.

Mutter sah Sarah an, die also um zehn Zimmer und Bett für die Tante räumen und ins Wohnzimmer umziehen musste. Als Sarah das Bettzeug aus ihrem Zimmer holen wollte, saß Tante Milena in einem weißen Baumwoll-Leibchen auf Sarahs Schreibtischstuhl.

„Musst dich nicht genieren, Sarenka, komm herein! Du kannst dich ruhig hier ausziehen und morgen früh, wenn du aufstehst, bin ich längst im Wald. So um sechs Uhr brauche ich die Luft da draußen."

„Aha", murmelte Sarah.

„Ich werde uns Pilze fürs Mittagessen sammeln."

Tantchen sprach laut und schnell und immer betonte sie die erste Silbe eines Wortes. So klingt also „Pragerdeutsch", das ihr Vater immer als das schönste Deutsch beschrieben hatte?!

Die halbnackte Tante vor sich zu sehen, war Sarah unangenehm. Sie kramte in der Schublade nach Dreieck und Zirkel. Sie mochte es nicht, ihren Namen tschechisiert ausgesprochen zu hören.

Tantchens Haut glänzte weiß und glatt, unter den Armen schauten dunkelbraune, gelockte Haare heraus. Sarah hatte vergessen, das gerahmte Foto von Frank vom Schreibtisch zu nehmen.

„Ist das ist dein Freund?"

Sarah nickte kurz. Tante Milena schaute Sarah einen Moment ernst an und drehte sich dann wieder zu der Fotografie. Sie lehnte sich auf dem Stuhl zurück und starrte an die Wand. Nach einem Augenblick des

Schweigens sagte die Tante mit leiser, beinahe samtiger Stimme:

„Wenn's mal so weit ist, Sarenka (schon wieder dieses Wort!) ... wenn's mal so weit ist ... du weißt schon, was ich meine ... dann möchte ich dir etwas raten ... nur raten, mein Mädchen." Die Tante schwieg und holte Luft.

„Versteh mich recht! Also wenn du mit Frank allein bist, es ist abends ... dann geh ins Bad, zünde dort viele Kerzen an und lass das Wasser in die Wanne. Das Licht hast du natürlich ausgemacht."

Sarah starrte im Dunkeln auf den breiten Rücken der Tante, der sich langsam hob und senkte. „Wenn die Wanne voll ist, leg dich hinein und ruf Frank oder wen auch immer."

Sarah starrte die Tante an, die jetzt in ihrem Trägerhemdchen aussah, als würde sie das größte Geheimnis für sie als Frau gebären.

„Ja?! Ja, Tante Milena?"

„Deine großen Brüste werden wie süße Inseln aus der Oberfläche des Wassers auftauchen. Das volle Glück schwimmt vor dir und ihm."

Sarah starrte in das dunkle Zimmer.

„Zauber ist alles, Sarah ... Wasser, Wärme, Kerzenlicht und deine prallen, jungen Brüste."

Sarah sah an sich herab.

„Der Anblick wird ihn überwältigen! Niemals wird er von deinen großen Brüsten loskommen! Niemals! Und du wirst deine Brüste lieben lernen."

Tante Milena schwieg, und auch Sarah schwieg.

Der Fensterrahmen hinter dem Schreibtisch umgab den Nachthimmel voller Sterne. Sarah schwebte in dieser Weite und dem Glanz. Ihre Brustwarzen brannten, und ihre beiden Busen erfüllten sie mit einem Gefühl von geheimnisvollem Glück.

Nach einer Weile nahm Sarah ihr Bettzeug und sagte leise: „Danke, Tante Milena. Schön, dass du zu uns gekommen bist."

Sarah nahm das Gefühl des Zaubers um ihre Brüste noch mit in den Schlaf.

Und die Idee mit der Badewanne, ja, das wollte sie ausprobieren, wenn ihre Eltern das nächste Mal verreist waren.

Meiner toten Freundin

Ich schaue Cora an. Ihr Gesicht auf dem Foto, das sie mir damals geschickt hat. Damals, als es ihr bereits schlecht ging. Das Foto, das seitdem immer bei mir steht, das spricht. Ich gehe in ihre dunkelbraunen Augen hinein. Sie schauen ängstlich. Sie fragen mich. Ich sage: Ich werde über dich schreiben. Cora, meine Freundin. Meine tote Freundin, ich will erzählen von dir, von deinem schweren Weg, auch von deinem Glück und ein wenig von uns.

Coras brauner Pony fällt unregelmäßig über ihre hohe Stirn bis zu ihren breiten, halbmondförmigen Brauen. Die Nasenflügel heben sich leicht und der Mund, der schön geschwungene, zartrosa geschminkte Mund, ist geschlossen. Ein weicher, weißer Schal umgibt breit und dein Unheil verdeckend deinen Hals und versteckt auf der rechten Seite dein Gesicht bis über deine Wange. Er schützt dich und deine Verletzung. Er umschmeichelt dein schönes Gesicht. Zärtlich und sanft.

Wir sitzen nebeneinander im Vorlesungssaal. Im Pasinger Staatsinstitut für werdende Realschullehrerinnen und -lehrer. Wir sind konzentriert und begeistert.

„Die pädagogische Psychologie hat für Lehrer eine ähnliche Bedeutung wie die Physiologie für den Arzt!"

Wir horchen auf. Das ist interessant, und außerdem können wir von dieser Erkenntnis unseren Freunden, beide sind angehende Mediziner, berichten.

„Der Pädagoge kann nicht lehren und erziehen, ohne ein fundiertes Wissen um die Tatsachen und Gesetzmäßigkeiten der psychischen Situation des Kindes und des Lernprozesses zu besitzen."

Die „Pädagogische Psychologie" wird unser Lieblingsfach und natürlich die Unterrichts-Didaktik, mit der wir unser Wissen besonders im Fach Geschichte unseren künftigen Schülern beibringen werden. In Geschichte sind wir beide top. Top, weil wir unser Wissen an der Uni in Erlangen (du) bzw. Bonn (ich) mit Begeisterung aufgenommen haben und nun dieses vermitteln wollen. Ich rede als Rheinländerin etwas schneller als du als Fränkin, und das hat deine Sympathie für mich einige Zeit gebremst.

Zu Mittag gehen wir öfter in den „Marienhof" und erzählen von uns. Wir vertrauen uns schnell. Mal radeln wir durch den Stadtpark und die Würm entlang. Wir ziehen unsere Schuhe und Strümpfe aus und tauchen die Füße und Beine in den kühlen Bach, der irgendwann den Starnberger See erreicht. Deine kleinen Füße sehe ich jetzt vor mir. Welche Kraft und Lebendigkeit sie haben!

Es muss im Wintersemester gewesen sein, als ich den Hörsaal verlasse und dich mit einem sehr großen, breitschultrigen, jungen Mann an der Fensterwand stehen sehe. Du schaust zu ihm empor, und er lacht dich aus seinem bärtigen Gesicht und unter dem schwarzen, dicht gelockten Haar an. Der muss aus den Bergen kommen, ist mein erster Gedanke, und als du dich zu mir drehst und mich vor diesen dunkelhaarigen Siegfried ziehst, ist mir klar: das muss dein Armin sein.

Seine Begeisterung gilt den Bergen, er steigt und klettert in Deutschland, Österreich und der Schweiz in höchste und schwierigste Höhen, und du lässt ihn mit Herz und Bangen seiner Leidenschaft folgen. Du weißt, er liebt dich und du liebst ihn.

Gibt es wirklich so etwas wie Glück? Wenn ich zurückschaue und dich und mich damals vor mir sehe, so nicke ich dir zu, vom Leben zum Tod. Das klingt jetzt wie ein Eid. Ja, es soll ein Eid sein für unser beider erlebtes Glück, Cora-Freundin!

Damals war ich schwanger mit meinem ersten Kind. Mit Bernhard kam ich nach München, damit er seinem Idol an der Uniklinik folgen und selbst ein großer Chirurg und Hochschullehrer werden konnte. Das Gluckern um mein wachsendes Baby in meinem Bauch, während einer Vorlesung und auch während einer Klausur, schien mir der lebende Beweis zu sein, Frau, Mutter und bald auch eine engagierte Lehrerin zu werden.

Ein glühender Hochsommertag. Es ist gegen Ende unserer Ausbildung, als du aus den Ferien kommst und sehr blass aussiehst.

„Was ist los?"

Deine dunkelbraunen Augen flackern, und deine Füße treten unruhig auf dem Fleck.

„Armin war wieder unterwegs, im Norden. Er hat eine andere Frau getroffen. Groß, blond, eine aus ..., ich glaub eine Norwegerin."

Cora schweigt und schaut in die Ferne, an mir vorbei, als suche sie etwas. Sie holt tief Luft und sagt: „Sie hat einen großen Busen."

Und dann folgt immer wieder „einen Busen, Busen ... großen Busen ... stell dir das vor?!" Deine Stimme überschlägt sich. Der Schreck fährt mir durch die Glieder und mir kommen Worte heraus, wie „was soll das denn? Busen hin oder her, darauf kommt's doch gar nicht an. Armin liebt dich doch. Dich!"

Aus deinen Augen stürzen Tränen, und es ist dir gleichgültig, wenn sich vorbeigehende Kommilitonen erstaunt und verlegen nach dir umsehen. Ich fasse dich entschlossen unter, und wir gehen zu meiner Ente. Ich schiebe dich auf den Vordersitz und schweigend fahre ich mit dir zur Würm. Zu unserem vertrauten Platz. Wir setzen uns ans Ufer des Baches, ich ziehe dir die Schuhe und Strümpfe aus. Deine Füße rutschen ins kalte Wasser. Wir starren beide in das fließende Nass. Dein T-Shirt klebt an deinem Oberkörper. Du hast den Brustkorb eines Jungen. Zwei Brustwarzen. Keine Erhebung. Nicht die geringste.

Ich schaue Cora an. Ihr Gesicht auf dem Foto.

Ich suche ein altes Fotoalbum heraus. August 1981 steht unter eurem Hochzeitsbild. Du trägst einen weißen Hosenanzug, der am Rand des Oberteils und der Ärmel mit kräftigen Blumenmotiven bestickt ist. Auf deinem Kopf lugt ein Stück einer weißen „pillbox" hervor, so wie sie Jackie getragen hat. Armin steht hinter dir und umfasst dich zart. Glückstrahlend ihr beide, ein Atelierfoto. Daneben die ersten Fotos eures Sohnes Oskar Maria. Vierzehn Tage alt habe ich dazu geschrieben. Das Album quillt über von Babyfotos und Hochzeitsstrahlen im Gesicht der Freundinnen und Freunde. Himmel, mir wird angst! Schnell muss ich das Album weglegen.

Bernhard steckt in seiner Facharztzeit für plastische Chirurgie, als er eines Tages nach Hause kommt und erzählt, dass du und Armin bei ihm in der Klinik gewesen seid. Bernhards Chef, eine bekannte Größe seines Fachs, hat euch beraten. Bernhard würde bei deiner Operation assistieren. Brustaufbau. Körbchengröße, wie gewünscht. Das Implantat geprüft und sicher.

Arztgeheimnis. Ich erfahre nichts Weiteres.

Mich erinnern die Implantate immer an wabernde, durchscheinende Quallen, wenn ich eine auf Bernhards Schreibtisch sehe und betaste. Unheimlich und ein bisschen eklig. Im Bad fasse ich meinen nackten Busen an.

Unsere Briefe sind lang und ausführlich, aber selten. Armin leitet ein Krankenhaus in Franken, du unterrichtest leidenschaftlich. Euer Sohn scheint eine zeichnerische Begabung zu entwickeln. Alles ist gut bei dir. Als ich beginne zu schreiben, kommt ihr beide zu meiner ersten Lesung nach Haidhausen. Dein Mutmachen tut gut. Ich brauche deinen Zuspruch, als Bernhard Probleme bekommt mit sich, seinen Lebensplänen und meinem Schreiben.

Dein Schrei am Telefon.

„Sie haben es nicht bemerkt! Stell dir vor, ich war regelmäßig in der Uniklinik hier am Ort. Zur Untersuchung. Und sie haben es nicht gemerkt!"

Deine Stimme zittert, und dein Atem geht schnell. Ich vermute Schlimmstes, schweige gebannt.

„Unter dem Implantat hat sich der Krebs gebildet. Krebs!" Du wartest, aber ich bin unfähig zu sprechen. Krebs. Brustkrebs, wo gar keine natürliche Brust war. Mir schwindelt. „Morgen muss ich ins Klinikum. Zur OP."

Du gehst durch alle Therapiehöllen, wirst Früh-Rentnerin, lebst zu Hause in deiner schönen Villa.

Wir treffen uns im „Wöllinger" in Sendling. An diesem Abend habt ihr eine Aufführung in den Kammerspielen gesehen. Du erzählst enthusiastisch. Alle vier Wochen kommt ihr vom Land, wie ihr sagt, nach München. Kultur. Kunst. So wie früher euer gemeinsames Interesse.

„Das Bergsteigen muss ich aufgeben", sagt Armin.

Deine Arme sind stark angeschwollen, von der Schulter bis zum Handgelenk, vom Lymphödem. Du erklärst mir diese Folge der Operation und schaust Armin liebevoll an.

„Armin wickelt mir jeden Morgen die Arme."

Und als Armin vom Tisch aufgestanden ist, um Wasser für deine Tabletten zu holen, strahlst du mich an: „Stell dir vor, er legt mir jeden Tag, bevor er ins Krankenhaus geht, ein Gedicht oder ein paar liebe Zeilen hin, die er für mich geschrieben hat!"

Eure Liebe ist ungebrochen. Das spüre ich, und es macht mich glücklich für dich.

Später kommt eine Ansichtskarte von dir aus den Staaten. Du genießt diese Reise so bewusst. Du weißt, du wirst bald sterben.

Als ich dich noch einmal zu Hause besuche, bekommst du kaum Luft. Deine einzelnen Worte stoßen heraus, mit vielen Pausen. Du gehst sehr langsam. Der weiße, weiche Schal liegt um deinen Hals und lässt dein schönes Gesicht und die großen, dunkelbraunen Augen erhaben und ein bisschen fern erscheinen.

„Achim ist immer für mich da", sagst du, „und der Bub kommt, sooft er kann." Du schweigst. Ich schweige.

Wir haben uns danach nicht mehr gesehen. Auf dem Grabstein lese ich deinen Namen in dem mir so nahen Schriftzug.

Ich schaue Cora an. Ihr Gesicht auf dem Foto. Das Foto, das immer bei mir steht.

Mein Sohn zeigt mir Schnappschüsse von einem Fest im Sender, bei dem er arbeitet. Ich frage nach einem jungen Mann mit dunklen Haaren, wer das denn sei, den würde ich von seinen Kollegen gar nicht kennen.

„Der ist neu, Mama, ein ganz prima Kerl. Mit dem geh ich am Samstag zum Bergsteigen!" „Und wie heißt er?", frage ich.

Mein Sohn sieht mich erstaunt an und lacht:

„Der hat einen komischen Namen. Er heißt Oskar Maria – ein richtiger Franke, mit rollendem R!"

Ich schaue Cora an. Ihr Gesicht auf dem Foto, als es ihr schon schlecht ging. Ich glaube, sie lächelt ein wenig: „Ist es nicht leichter zu sterben, wenn man im Einklang mit der göttlichen Ordnung stirbt?“

Caritas Romana oder die Liebe der Tochter

Velut infantem pectori suo admotum aluit

Valerius Maximus hat uns diese Geschichte im Jahre 31 nach Christus überliefert. Gemalt wurde die Szene später, in der Zeit der Renaissance, und das Bild wird Niccolò Tornioli (1598–1651) zugeschrieben. Ein Gemälde im Kloster Montserrat in Spanien.

Die Unruhen in Rom nahmen unter Kaiser Tiberius zu. Die zur Form erstarrten Opferzeremonien und der Kult um den Kaiser befriedigten die Heilssehnsucht der Menschen nicht mehr. Die Gebildeten suchten Trost in der Philosophie, die ihnen zu einer praktischen Lebens- und Sittlichkeitslehre wurde. Die Stoa und der Neuplatonismus, die letzten universalen Weltanschauungen der alten Welt, bestimmten das geistige Gesicht der späten Antike.

Die große Mehrheit der Bevölkerung suchte ihr Heil in den orientalisch-hellenistischen Mysterienkulten der Isis, Serapis oder des Mithras. In dieser Zeit des gesteigerten Heilsbedürfnisses predigte Jesus von Nazareth die Botschaft von der Erlösung des Menschen und der Gotteskindschaft und ermöglichte ein neues Verhältnis des Menschen zu Gott und den Mitmenschen.

Der Philosoph und Seher Cimon hatte sich von Seneca schwer trennen können. Sie standen nie in Konkurrenz des Denkens und Fühlens. Jeder von ihnen hatte seinen Kreis von Schülern um sich, und ihre Gedanken über das Sein und den Sinn des Lebens begegneten sich in gegenseitiger Milde. Ruhe und Überlegenheit der Weisen wurden in ihnen lebendig.

„Kosmos“, beteten sie in Marc Aurels Worten: „O Kosmos, nichts kommt mir zu früh, nichts zu spät, was dir wohl gelegen ist. Alles ist mir Frucht, was deine Gezeiten bringen, Natur. Aus dir kommt alles, in dir ist alles, in dich geht alles.“

„Du hast dein Schicksal“, wandte sich Seneca beim Verabschieden an Cimon, „und ich habe mein Schicksal. Wir müssen unsere uns übertragene Rolle im Leben gut spielen, und wenn es so weit ist, müssen wir ohne Murren das Fest des Lebens verlassen. Gott, ich bin dir dankbar, dass du mich gewürdigt hast, deine Werke zu schauen, und deinem Walten in Gedanken zu folgen.“

Cimon umarmte Seneca, und Tränen standen in seinen Augen: „Ich weiß, dass wir uns nicht mehr wiedersehen. Ich weiß es.“

Seneca antwortete – er hatte sich jetzt erhoben und sah den Freund eindringlich an: „Dieses winzige Stückchen Zeit gilt es im Einklang mit der Natur zu durchschreiten und heiter abzuschneiden, wie wenn eine Olive, reif geworden, herabfällt, indem sie den mütterlichen Baum preist, der sie getragen, und dem Vater Dank weiß, der sie erzeugt hat.“

Cimons Diener, der vor der Pforte des Versammlungsortes gewartet hatte, half seinem Herrn in den Wagen. Cimon hatte die weiße Toga fest um sich geschlungen und ließ sich zum Gericht fahren. Nichts würde ihn brechen können. Er würde sich dem Urteil des Richters von Tiberius fügen. Die Gottheit würde auch in diesem Urteil seinen Ausdruck finden. Seinen Sinn, dem er bereit war, sich hinzugeben, um innerlich an Kraft zu gewinnen. Die Welt und auch er waren durchdrungen von dem Lichtäther, der Weltseele, der Weltvernunft.

Der Wagen holperte über die Pflastersteine der Via Appia, und Cimon schloss seine Augen und ließ es geschehen. Der Gerichtssaal war überfüllt von laut schreienden, römischen Zuschauern, die danach lechzten, einen verstiegenen Philosophen und Heilsbringer mit einer harten Strafe im Gefängnis verschwinden zu sehen.

„Dieser eingebildete Schlaumeier“, rief ein Handwerker mit erhobener, zerschundener Faust.

„Hoch lebe Isis“, kreischte eine rot gekleidete Frau mit vulgärem Äußeren. „Hoch lebe Kaiser Tiberius!“

Der Richter und seine Beisitzer starrten gelangweilt in den Raum. Die Anklage war kurz: Verspottung des Kaisers in fünf Fällen. Diese wurden vorgelesen und unter dem Gelächter und Buhrufen der Zuhörer erkannte Cimon, dass die Anklage ihre Erkenntnisse seinem Lebenswerk, dem „Librum magnificum Stoae philosophicae“, entnommen hatte.

Cimon sackte in sich zusammen und wusste, dass er sich der höheren Macht fügen musste. Ihm schwindelte. Den Schuldspruch und wie er in seine dunkle Zelle gekommen war, hatte er nicht mitbekommen.

Als er auch am zweiten Tag seiner Gefangenschaft nichts zu essen und zu trinken erhalten hatte und der Geruch und Anblick seines Kotes in der Ecke der Zelle seine Übelkeit zum Dauerzustand werden ließ, wusste er den Schiedsspruch: Tod durch Verhungern.

Die Hingabe an das Letzte, das Sterben fiel ihm erstaunlicherweise sehr schwer. In seinen philosophischen Zirkeln, in den Disputationen mit seinen Schülern und natürlich besonders mit Seneca glaubte er sich stark genug, um den Sprung vom Leben zum Tod leicht zu meistern wie den Gang über die Tiber-Brücke.

Er begann zu jammern, sich in Körperverkrümmungen auf seinem schmalen Bett zu wälzen. Er halluzinierte

Lobgesänge auf Tiberius, den erhabenen Retter der Welt. Zum Glück fielen ihm Lobeshymnen aus der Zeit des Augustus ein. Im Hungerdelirium dichtete es sich leicht.

Hilfe kam nicht vom Himmel und nicht von seinen Freunden der Stoa. Sie kam von seiner Tochter. Pero, so hieß sie, hatte ein Jahr zuvor einen Arzt aus Latium geheiratet und, wie sie dem Vater in den letzten Tagen seiner Freiheit geschrieben hatte, stand sie knapp vor der Niederkunft.

Der Richterspruch des Verhungerns wurde in einem Nachspruch des Kaisers dadurch abgemildert, dass Cimons Tochter ihn nun regelmäßig besuchen durfte, um dem Vater im langsamen Sterben Beistand zu leisten.

Der Zellenwärter öffnete die schwere Eisentür und führte Pero hinein. Vor den Augen des Vaters untersuchte der Wärter die junge Frau, ob sie Lebensmittel oder ein Getränk unter ihrer Toga versteckt hatte. Pero breitete ihre Arme aus und zeigte, dass sie nichts unter ihre Achseln geklemmt hatte, zog ein Knie nach dem andern in Hüfthöhe, sprang und schüttelte Haare und Körper. Der Wärter ließ Pero sich bücken und ihr Gesäß nackt zeigen, um zwischen ihren hinteren Backen nach versteckter Nahrung zu suchen. Da schrie Cimon aus seinem Greisenmund jaulend wie ein geschundenes Tier auf, dass sogar dem Wärter sein brutales Vorgehen an dem jungen Fleisch als unanständig bewusst wurde. Er verließ die Zelle.

Pero lächelte dem Vater zu, und sie setzten sich auf das Bett. Pero wandte ihren Rücken zur Tür und nahm den Kopf des greisen, vor Kraftlosigkeit zitternden Vaters in ihren Arm.

Cimon war der Ohnmacht nahe. Da spürte er zwischen seinen vertrockneten Lippen ein warmes, kleines Stück lebendiges Fleisch. Er hielt inne und atmete tief.

Dann sogen seine Lippen, erst zögerlich und dann immer schneller in einem Rhythmus, den er als Säugling an der Brust seiner Mutter gelernt und in sich bewahrt hatte. Pero sprach kein Wort. Sie nährte ihren Vater. Erfüllt von Liebe und Barmherzigkeit für ihn.

Die regelmäßigen Besuche der Tochter bei ihrem Vater ließen ihn nicht sterben. Im Gefängnis sprach man schon von einem Wunder, das den Seher und Philosophen Cimon am Leben hielt.

Nachdem Cimon nach langer Kerkerhaft nicht gestorben war, wurden der Richter und sein Kollegium hellhörig. Wer den Richtern von der zu Herzen gehenden Sorge der Tochter für den Vater berichtet hat, ist nicht bekannt. Einstimmig und sofort begnadigten die Richter und schließlich der Kaiser den Philosophen Cimon, selbst tief gerührt von der töchterlichen Liebe und Barmherzigkeit.

Busenfreundinnen

Das Schwimmen im Wasser kann für heranwachsende Mädchen eine große Bedeutung haben. Warm sollte das Wasser sein und nicht auf die Menge beschränkt, die in eine Badewanne passt. Wasser, ein Übungsplatz für das Leben?

Lenka und Nanni besuchten jede Woche das Flingerner Volksbad; das war Ritual, ob Winter, ob Sommer. Sie waren beide gerade zwölf. Nannis Basttasche mit den Badesachen hing an einer Kordel über ihrer Schulter und berührte beinahe das Straßenpflaster. Das Wort Anstalt stellten sie nicht in Frage. Es waren die 50er Jahre.

„Auf dem Rückweg gehen wir aber beim Toni vorbei", sagte Lenka. Ziemlich unnötig diese Bemerkung, denn das gehörte immer zu ihrem Schwimmplan. Toni Turek. Der Torwart von Fortuna Düsseldorf. „Turek, du bist ein Teufelskerl! Turek, du bist ein Fußballgott!"

Herbert Zimmermanns ekstatische Ausrufe im Radio. Für den schönen Torwart schwärmte Lenka nicht erst seit der Weltmeisterschaft 1954 in Bern. Sie tauschte in der Schule die Fußball-Bildchen, die Vaters Zigarettenkonsum ihr bescherte, gegen die neuesten Bildchen von Toni und seinen Jungs. Jupp Derwall fehlte ihr noch. „Immer himmelst du jemanden an", murmelte Nanni. „Und du mit deinem Schleckeis vor dem Baden", maulte Lenka zurück.

Die Treppen zur großen Tür des Flingerner Bades waren grau und ausgetreten. Die Mädchen gingen an der Kasse vorbei, da sie eine Jahreskarte besaßen, und die kontrollierte eine unfreundliche Frau sehr genau: „Dat ihr auch nit de Zeit übbeziiht“, schnauzte sie die beiden an.

An dieser Stelle begann er immer, dieser Geruch von Chlor, der in Lenka ein Gefühl von Unwohlsein aufsteigen ließ. Sie wusste, dass ihr nichts anderes übrig blieb, als sich in das Zentrum des Chlorgestanks hineinzubewegen. Er war Voraussetzung für den riesigen Spaß, den sie beim Schwimmen in der Badeanstalt haben würde.

Die Mädchen suchten sich eine Umkleide-Kabine. Oben offen und beleuchtet von leicht verrosteten Lampen, standen sie auf glitschigen Holzlatten, unter denen die hellblauen Kacheln feucht schimmerten. Von Ferne hallten die Stimmen der anderen Badbesucher. Schreie und schrilles Quieken von Kindern.

Lenka holte den Heinzelmann-Badeanzug aus dem Matchbeutel und legte ihn auf die schmale Holzbank. Nanni zog sich schneller aus. Sie kicherten, als sie mit den kleinen, nackten Hintern zusammenstießen. Lenka befreite sich von ihrem Faltenrock, der weißen Bluse und dem Trägerhemdchen. Sie spürte, dass Nanni sie erstaunt ansah.

„Mensch, sind die gewachsen! Da brauchste ja bald ’nen BH!“

In ihrer Stimme schwangen Erstaunen und Neid. Lenka sah einen Augenblick auf ihre apfelgroßen Erhebungen und zog mit einem ärgerlichen Ruck den Badeanzug bis zu den Schlüsselbeinen hoch. Nanni sah in den kleinen Spiegel in der Kabine, und stülpte ihre rote Bademütze über den Kopf und zwängte die Zöpfe darunter. Beim Öffnen der Tür grinste Lenka der Freundin ins Gesicht: Sie wusste, Lenkas Grinsen galt ihren Pausbacken, die bei Aufregung immer blaurot anliefen. Lenka tat, als merke sie Nannis Ärger nicht und packte ihre

Anziehsachen, um sie in einem Garderobenfach einzuschließen. Das Schlüsselbändchen befestigte sie am Fußgelenk. „Diese eingebildete Pute“, murmelte Nanni. „Immer was Besonderes!“

Ausgiebiges Duschen und dann endlich die riesige Schwimmhalle und in der Mitte das Schwimmbecken – „Nur für Schwimmer“ stand auf einem großen, weißen Emailschild. Lenka roch den Chlorgestank nicht mehr, kein lautes Hallen der Stimmen drang in ihr Ohr. Sie spürte nur diese kribbelnde, drängende Lust, ins Wasser zu springen. Kurze, schnelle Schritte zum Beckenrand. Sie holte tief Luft, schwang beide Arme von rückwärts nach vorne und stieß sich ab. Im hohen Bogen flog sie. Dieser Moment in der Luft mit angehaltenem Atem, bis die Finger, die Hände, die Arme und der ganze Körper tief ins Wasser eintauchten. Das Strecken unter Wasser, der Dreh nach oben. Die Augen hielt sie in diesem Zustand der Schwerelosigkeit fest geschlossen. Ein Gefühl von Glück, bis sie unter der schwimmenden Schar der Wasserratten mitten in dem gefüllten Becken wieder aufgetaucht war. Währenddessen musste Nanni immer noch am Rand des Beckens mit hochgezogenen Schultern entlanggelaufen sein. „Wovor hat die denn Angst“, dachte Lenka und sah, wie Nanni eine Einstiegstreppe wählte, um vorsichtig, Stufe für Stufe, ins Wasser zu steigen. „Wie ’ne Oma“, grinste Lenka und strampelte vergnügt mit den Beinen.

Mit hastigen Schwimmbewegungen, den Kopf wie eine Schildkröte über dem Wasser, japste Nanni auf Lenka zu. Sie klammerte sich an Lenkas Schulter fest. Dunkelblaue Pausbacken. Lenka platzte vor Übermut und einer plötzlich aufsteigenden tierischen Lust, die Freundin unterzutauchen. Lenka befreite sich aus dem ängstlichen Klammergriff und drückte Nanni tief unter die

Wasseroberfläche. Lange. Ihr wildes hilfloses Rudern! „Wie die sich anstellt!"

Jetzt war Lenka Siegerin, die beste, die stärkste. Jetzt hätte sie Nanni ertrinken lassen können.

Bilder schossen durch Lenkas Kopf. Die imposante Schwarzwälder Kuckucksuhr in Nannis Diele. Sie schlug jeweils zur vollen Stunde. Der Vogel schnellte, auf einer Stange sitzend, aus der sich öffnenden Flügeltür und nickte zu seinem hohen Kuckucksruf acht, neun oder auch zwölf Mal. Auf der Uhr thronte ein riesiger Vogel mit weit gespreizten Flügeln, zum Abflug bereit. Wenn Lenka Nannis Wohnung betrat, glotzte dieser Kuckuck auf sie herunter und hämmerte auf sie ein: Wir sind reich, reich, reich! Nur das hörte sie.

Sie und ihre Eltern, die einen Stock höher in zwei Zimmern zur Untermiete lebten, sie waren arm. Sie waren Flüchtlinge, Nanni jedoch, ihr Vater und diese Kuckucksuhr, die waren wer, die waren echte Düsseldorfer. Lenkas Vater musste Opalstrümpfe in einem Lager verkaufen, und Nannis Vater war ein hoher Beamter, ein Ministerialbeamter.

„Bist du bekloppt", rang Nanni nach Luft, als Lenka sie aus der Umklammerung unter Wasser wieder losgelassen hatte und beide Mädchen an der Wasseroberfläche voreinander her schwammen.

Nannis geschockter Gesichtsausdruck reizte Lenkas Aggression aufs Neue. Sie kannte dieses Gefühl sehr genau. Diese Wut sammelte sich bei ihr ganz plötzlich im Bauch und sie sah rot. Grundlos, wie es schien, doch diese Wut musste sofort bedient werden. Sie schlug um sich, riss am Schulhof einer Mitschülerin büschelweise Haare vom Kopf. Jemandem wehtun, jemanden fertigmachen, schlagen, reißen, anspucken. Nanni unter Wasser halten, bis die Augen herausquollen!

Lenka zwang sich abzutauchen, weg von Nanni, dieser harmlosen Freundin, die sie im Augenblick hasste und lieb hatte zugleich. Mit offenen Augen schwamm Lenka unter Wasser – die schwimmenden Körper verzerrt neben ihr, die Froschbeine der Schwimmer, ein hängender Männerbauch in Querlage im Wasser. Den Kopf immer wieder aus dem Wasser hebend, schwamm Lenka mit kräftigen Beinbewegungen zum gegenüberliegenden Beckenrand. Sie klammerte sich an der Rinne fest. Ihr Atem ging schnell. Sie starrte auf die anderen Schwimmer.

Nanni tauchte neben ihr auf und schaute sie mit großen Augen an. Sie kannte die Wutanfälle der Freundin. „Das kommt vom Krieg“, hatte ihr der Vater erklärt. „Lenkas Eltern mussten fliehen, Lenka lag noch im Kinderwagen. Sie haben alles verloren. So ungerecht, wie arm die jetzt sind! Der Krieg war schlimm und böse.“

„Ich kauf dir nachher ein Hörnchen mit Erdbeereis, das magst du doch so gerne, Lenka!“ Lenka trat mit Wucht gegen den Beckenrand, machte eine Rolle rückwärts. Da fiel ihr das Dreimeterbrett ein.

Eilig schwamm sie der Freundin davon. Ja, heute musste sie es schaffen, das Dreimeterbrett. Nannis Augen folgten Lenka vom Beckenrand aus. Schnell kletterte Lenka die Treppe zum Sprungbrett hinauf, holte tief Luft, betrat das schmale, leicht glitschige und schwankende Brett in drei Meter Höhe. Ihr Blick erfasste den Gummiboden und gleichzeitig das Wasserbecken unter sich. Sie sprang. Mit dem Kopf voraus. Als sie auftauchte, schmerzte ihr Bauch.

„Das würde ich mich nie trauen! Toll, Lenka!“, rief Nanni vom Beckenrand. Ihre Zähne klapperten.

Unter der Dusche trafen sich die Mädchen wieder. Nannis rote und Lenkas blaue Badekappe, Nannis roter und Lenkas hellblauer, gesmokter Heinzelmann-Badeanzug. Sie drückten die nasse Badekleidung aus und pressten sie in die Bademützen, die sie zum Schutz in ihrem Handtuch einwickelten. Gemeinsam gingen sie in Richtung Cranachstraße. Jede schleckte an einem Hörnchen Erdbeereis. Ein kurzer Blick auf Lenkas Idol hinter dem Tresen seiner Kneipe.

Lenkas Vater würde abends Besuch von Onkel Frank bekommen. Sie wollten zusammen musizieren. Klavier und Geige. Mutter würde Toast Hawaii vorbereitet haben und einen Moselwein für die Männer servieren. Die Frauen tranken immer einen Wein von der Nahe, der war süßer.

Lenka schlief in einem Holzverschlag, den man von der Küche abgetrennt hatte. Sie putzte sich die Zähne am Küchenbecken, das ging schneller. Im Spiegel über dem Becken sah sie, dass sich ihr Busen wie die Spitzen von zwei Eistüten erhob. „Komisch, wirklich komisch – aber auch toll. Die Nanni ist noch platt wie 'ne Flunder!"

Im Bett hörte Lenka eine Zeit lang der Musik zu und starrte wie immer nach dem Zubettgehen auf den handgroßen Wasserfleck an der Decke über ihr. Er löste sich im Einschlafen in Bilder von Toni Tureks blauen Augen.

Das rote Kleid

Als Bonny die Hotelhalle betritt, entdeckt sie ihn sofort. Er sitzt auf einem dunklen Ledersofa und schaut ihr entgegen. Offen. Der lange, schwarze Mantel schlägt gegen ihre Knie, sie geht auf ihn zu.

„Da sind Sie ja", sagt er, während er aufsteht, „endlich nicht nur eine Stimme am Telefon."

Seine große Hand fühlt sich weich an. Einen Augenblick zu lange hält er sie fest. Wie blau seine Augen sind und groß und nicht zu deuten, so viel Helligkeit durchströmt die Pupillen. Ein Meer aus Farbe, bodenlos, haltlos.

Er nimmt ihr den Mantel ab, ein Kellner trägt ihn davon. Sein Blick löst sich nicht von ihrem roten Kleid, vom Hals bis zum Saum folgen seine Augen dem schmalen Schnitt. – Götter blinzeln nicht –.

„Es gibt viel zu besprechen, wir werden etwas Zeit brauchen."

Ein Kellner führt sie in den Salon zu einer Sitzecke.

„Ich habe Kaffee und Wasser servieren lassen, ist das in Ordnung?"

Sie sagt Ja, und beide setzen sich auf die samtene Chaiselongue.

Dieser Sprung, dieser Wechsel von Vorstellung zur Wirklichkeit, drei Monate haben sie fast täglich telefoniert und über ihre Arbeit gesprochen. Er, eine Stimme in Moll und sein Lachen und ihr immer wieder provozierter Starrsinn, sich so schnell von ihm nicht umstimmen zu lassen. Diese erfüllende Konzentration auf die

Sache, auf ihren Text und seine Bilder. Ihre Sprache, ihre genaue, besondere Wahrnehmung, ihr Schlüssel, seine Kunst für die Leser begreifbar zu machen.

„Hatten Sie eine gute Fahrt?"

„Nun ja, die A8 ist immer überfüllt und nervig."

„Und das Hotel, in Ordnung?!"

„Direkt an der Salzach."

„O, Sie wohnen im Hotel Stein? Da wohnte ich früher auch oft."

Sie nickt und schaut sich kurz um, im Österreichischen Hof.

„Gehört zum Sacher in Wien", kommt ihr über die Lippen. Er lacht auf.

Wenn er wüsste, dass sie hier in diesem Hotel gezeugt worden ist. Aber etwas so Intimes gehört nicht zu einem Arbeitsgespräch und dem ersten persönlichen Kennenlernen.

Er hebt eine große, schwarze Mappe vom Boden, legt sie auf den freien Teil des Tisches und öffnet sie.

„Ganz Salzburg besteht nur noch aus Karajan, das wird ihn den Kopf kosten, jedes Schaufenster mit seinen Tonträgern, Deutsche Grammophon, und seinem Konterfei. Das züchtet Neider."

„Sie meinen, die Maler gehören nicht mehr in die Stadt?"

„Doch, doch, seit Kokoschka haben wir unsere Stellung hier behauptet. Seine Schule des Sehens, Sie werden sie erleben. Wie Sie wissen, brauche ich Sie hier als Fotografin! Der Verlag will Live-Szenen aus dem Unterricht, verstehen Sie?"

„Live-Szenen! Okay, wann soll ich morgen in die Akademie kommen, in Ihre Klasse?"

„So gegen elf, nicht früher. Ich bitte nur, sich nicht zu outen – das würde Unruhe schaffen."

„Keiner Ihrer Zöglinge wird mich als Voyeur erkennen", versichert sie leicht ungehalten. „Voyeure sind wir Maler ja im Besonderen und ..." – Götter blinzeln nicht – sein Blick hält sich lange auf ihrem roten Kleid in der Höhe ihres Busens auf.

„Ich meine, dass alle Künstler Voyeure sind!"

Ihr Kleid kommt ihr plötzlich flammendrot vor, sie schlägt die Beine übereinander und zeigt auf die Mappe.

„Haben Sie mir was Neues mitgebracht?"

Konzentriert blättert sie die Fotografien seiner Gemälde durch. Ihre Brille rutscht ein bisschen über den kleinen Höcker ihrer Nase. Warum betont er nur diese Live-Szenen?

Sein Auftrag war überraschend gekommen. Harold hatte ihn ihr vermittelt. Sie war nach Berlin geflogen, um Harold zu treffen.

„Das müsste gut gehen mit euch zweien. Er braucht eine Profischreiberin und Fotografin, und du brauchst Geld und einen interessanten Job. Verrückt seid ihr beide und arbeitswütig. Genau das richtige, Bonny!"

Sie hatten sich in ihrem Stammlokal am Savignyplatz getroffen, wie immer viel getrunken und nach dem Austausch von Tipps für die neue Arbeit mit dem berühmten Konrad kichernd ihre Cowboygeschichte nacherzählt, ihre Affäre vor Jahren – sie, die Studentin der Kunstgeschichte – er, der Professor an der Kunstakademie. Sie, sein Modell für so viele Zeichnungen und er ihr Cowboy im Bett. Das waren Zeiten! Als Harold ihre Überspanntheit auf die Nerven ging und Catha in Harolds Leben kam, lösten sie ihre Beziehung. Dafür sind sie gute Freunde. Bis jetzt.

In dieser ersten Begegnung in dem Salzburger Hotel entdeckt Bonny, dass Konrad älter ist, als er ihr in Journalen und im Fernsehen vorgekommen war. Mona, ihre

Freundin, hat ihr den großen Altersunterschied mit frechen Bemerkungen vorgerechnet, vor allem den Klatsch erzählt, den sie aus der Regenbogenpresse erfahren hat. Die Exzesse, die der Maler immer wieder treibt, seine wilden Feste in den Suiten bester Hotels – wenig bleibt dann von der vornehmen Einrichtung übrig.

Seine Haut ist gebräunt, Gesicht und Kopf eine Einheit in heller Erdfarbe. Seine Nähe erzeugt Unruhe, die sie jetzt nicht gebrauchen kann.

Seine Stimme am Telefon hatte kein Alter, sie vermittelte in den verschiedenen Tonlagen und Ausdrucksebenen Inhalte und Gefühle, die für ihren Arbeitsaustausch nötig waren. An Alter dachte sie dann nie, und doch hatte sie sich ihn anders vorgestellt, als er nun neben ihr sitzt. Wie er sie jetzt ansieht! – Götter blinzeln nicht. – Dieser Unterschied verwirrt sie, bis ihr Blick seine Augen trifft, die im hellen Blau schwimmen.

Dann seine schmalen, großen Hände – wie dunkel seine Haut jetzt wirkt – ob er wohl auch im Freien, unter der Sonne, malt?

Die Abbildung eines Berliner Motivs in der Mappe. Es gibt ihr Halt und Vernunft. Vernunft, um auf seine sachlichen Fragen überlegt zu antworten.

Sie streicht ihr enges, rotes Kleid entlang. Es sitzt gut und bedeutet Schutz, es kann nichts schiefgehen, wenn sie morgen dieses Kleid wieder anzieht, ihr Glückskleid.

Konrads Stimme klingt fern, seine Augenbrauen heben sich zu hohen Bögen.

„Sie müssen gehen, Bonny?“ Sie ist aufgestanden.

„Bis morgen um elf.“ Ein kurzer Händedruck. Der Kellner kommt ihr mit ihrem Mantel entgegen.

Der Atelierraum mit Konrads Malklasse. Sommerakademie. Drückender Hitzestau, ausgelöst von der Sonnenglut zwischen hohen, nahen Bergen. Leises Schaben und Schieben von Pinseln auf großen Leinwänden. Verschiedene, farbbekleckste Staffeleien. Mädchenfüße in Slippern, Turnschuhen, Flip-Flops, barfuß; wenige Männerfüße. Bonny hat das Atelier betreten, entdeckt Konrad nicht sofort. Er redet leise mit einer rothaarigen, jungen Frau, er bespricht ihr Bild. Ihre weiße Haut zeigt rote Flecken auf Wange und Stirn.

Die Studenten beachten Bonny nicht, als sie schnell und konzentriert die Nikon aus der Tasche zieht. Im Vorbeigehen nickt Konrad ihr zu, beiläufig.

Seine Augen sind gegenwärtig, zwingen sie in die Inspiration, die für ihre Arbeit nötig ist. Sich einlassen auf die Szene, den Raum, auf Konrads Wirken als Lehrer, auf seine Schüler.

Ihren Job machen.

Ihr Auge, festgesaugt am Objektiv, vom Motiv verführt. Details festhalten, am Detail das Ganze erfassen. Die Hand der Malerin an der Staffelei, verkrampfte Angst. Der lange blonde Zopf im Licht. Scharfe und unscharfe Bilder. Schnell. In der Totalen Konrads Augen. Die großen Pupillen. Seine Iris, ein Loch. Bonny schließt die Augen und wartet.

Der Fußboden füllt sich mit türkisblauem Wasser. Darin stehen die jungen Malerinnen und Maler, von Konrad in ihre Stellung gebracht.

Konrad lacht, lautlos. Die Frau mit dem weißen Pudergesicht und den orangeroten Haaren steht plötzlich vorne auf dem Podest. Sie trägt Bonnys rotes Kleid; es muss Bonnys Kleid sein, eng um den hoch gewachsenen, schmalen Körper, eng um Taille, Hüften und Busen. Konrad wendet sich der Frau zu.

Er hat eine große Schere in der Hand, setzt unterhalb des Halses an, den Stoff zu zerschneiden. Das Mädchen, unbewegt, die Augen in die Ferne gerichtet. Konrads Schere sticht und schiebt sich unter den Stoff, schneidet in konzentrierter Ruhe ein großes Loch um die Brüste der roten Frau. Die Finger des Malers umklammern das Metall seines Instruments.

Bonny greift zur Nikon und nimmt das Modell ins Visier. Die rosa Brustwarzen springen ihr in der Vergrößerung des Zooms ins Auge, die kleinen Erhebungen um die Mamille werden zu Vulkanen vor dem Ausbruch. Ihr Blick durch die Kamera folgt von einer Leinwand zur nächsten Leinwand. Schnelle Cuts.

Auf allen Staffeleien werden die Brüste des roten Mädchens gemalt.

Sie finden später Platz auf dem wandgroßen Gemälde von Konrad: Der Gang ins Meer oder der Untergang.

Bonny sieht Tiger, Kojoten, Bären und Menschen. Körper hinter Körper ziehen sie unaufhaltsam in Richtung Meer. Alle tragen die Brüste der roten Frau.

Bonny verlässt den Raum, sie verlässt Salzburg und sagt die Arbeit ab.

Märtes Stern

Seitdem ihr Stern vom Himmel gefallen war, wartete Märte tagsüber auf die Dunkelheit, auf die Nacht. Sie verließ ihre Wohnung und ging durch die Straßen der Stadt. Sie ließ den Osten des Viertels hinter sich, in dem sie seit drei Jahren lebte, durchstreifte die Parks und näherte sich schnellen Schrittes ihrem Ziel, dem Meer. Dort angekommen, machte sie Halt und umfing mit ihren Augen die Weite des dunklen Wassers. Märte atmete lange und tief durch. Sie fühlte, wie sie sich mit ihrem ganzen Körper auf der bewegten Fläche ausbreitete; sie versank, tauchte auf und zerfloss in der Bewegung der Wellen.

Sie löste sich auf. Nur hier, nur am Wasser wurde ihr Schmerz sanfter, erträglich. Ins Meer würde sie gehen, wenn ihr Zustand nicht mehr auszuhalten war.

„Gemma", ihre Stimme flüsterte den Namen mit aller Kraft. „Gemma – mein Mädchen. Warum nur du?"

Märte war nachts aufgewacht. Krampfartige Schmerzen zogen ihren Unterleib zusammen. Was war los? Gekrümmt hangelte sie sich in Richtung Toilette. Sie sah, wie an den Innenseiten ihrer Schenkel Blut herabfloss.

Liv, mit der sie die kleine Wohnung teilte, hatte sie ohnmächtig am Boden gefunden, als sie aus dem Nachtdienst in den Morgenstunden nach Hause gekommen war.

„Gemma!" Wie sanft der Name klang. Wie sehr tönte er nach den beiden Sommern mit Sören in Pienza. Er studierte inzwischen in Princeton, wollte dort bleiben.

„Du nimmst ja die Pille", beruhigte er sie, als er von Stockholm abgeflogen war.

Es war ihr Kind. Ihre Gemma. Vater unbekannt, gab sie in der Klinik an.

Als Märte sich wieder auf den Weg zur See machen wollte, betrat Liv die Wohnung.

„Lass uns noch einen Tee zusammen trinken, Märte."

Schweigend saßen sie am Küchentisch. Ihre Hände umspannten die großen, warmen Tassen.

„Das muss langsam aufhören ... du machst dich fertig ... der wenige Schlaf ... schau dich an."

Liv sprach ruhig mit der Freundin.

„Ich brauche das, Liv. Ich halte es sonst nicht aus!"

„Du hast ein verwundetes, ich weiß es, aber auch ein starkes Herz ... Fang heute damit an, geh heute nicht zum Wasser! Wir können uns eine DVD anschauen, ja ... ich mach dir auch Heidelbeer-Pfannkuchen?!"

Märte lachte auf und ging in ihr Zimmer, um ihre Sneakers und die Laufhose anzuziehen.

Sie ging an dem Spielplatz am Rödersplaat vorbei und hielt sich die Ohren zu, als sie plötzlich viele laute Kinderstimmen hörte.

„Gemma! Werde ich langsam verrückt?"

Und da war wieder dieses Gefühl in ihr, im Unterbauch, als ob der Embryo treten und strampeln würde. Dieses unendliche Glücksgefühl, in sich ein Kind wachsen zu spüren. Diese Nähe. Nie würde es wieder eine solche Nähe für sie geben.

Oma Lisbeth hatte ihr geschrieben: „Es gibt nichts Näheres als die Liebe zwischen Mutter und Kind." Wie recht sie hatte!

Bei Oma Lisbeth war sie aufgewachsen, nachdem die Eltern bei einem Verkehrsunfall ums Leben gekommen waren.

Märte begann zu laufen, stolperte über einen Randstein, lief weiter. Alles hatte doch so gut angefangen. Ihr fester Job im Labor. Sogar Larsson, ihr Chef, hatte sich mitgefreut.

„Ihr Job bleibt Ihnen, Sie sind ja in Schweden!"

Alles war gut. Alles hätte gut werden können.

Märte presste ihr Auge an das Okular des Mikroskops. Sie analysierte, sie zählte Blutplättchen, Zellmembrane, Tuberkeln oder Knochensplitter, und in ihr Ohr drang das Geplapper der jungen Frauen. Dorit erzählte von ihrer Beziehung mit dem Assistenzarzt, Vivi von der Eigentumswohnung am Fjord, die ihr Vater ihr kaufen wollte, und Kinder, nein, dafür haben wir später noch Zeit!

Und sie, Märte, die Glückliche, war schwanger und schwieg. Mit niemandem hier wollte sie ihr Glück teilen. Es verfuseln, wie Liv es nannte.

Und dann das Unglück. Und dann diese Nacht. Ihr verlorener Stern.

Das Meer umspülte sanft Märtes Fußspitzen. Sollte sie nicht heute? Nein, noch war es nicht soweit. Märte kauerte sich auf den Sand und schluchzte zwischen ihren um die Knie geschlungenen Armen. Sie fror, wollte zurück. In den Häuserreihen legte sich der eisige Wind ein wenig. Da tauchte vor ihr in der Ferne ein Plakat auf. Groß, bunt und in einer gänzlich runden Form gefangen. Märtes Hände steckten tief in den Seitentaschen ihres Blousons. Sie stand vor dem hauswandgroßen Plakat mit einer riesigen, auf dem Rücken liegenden Frau. Einer Frau? Det är Hon – Die Kathedrale las sie. Hon ... sie? Sie? Wer war da gemeint? Die bunte, pralle, die auf dem Rücken liegende Frau!

Ein Schreck durchfuhr Märte: Diese Frau war hochschwanger, die bunte Frau lag hochschwanger auf dem

Rücken!? Die Beine gespreizt, die geöffnete Vagina prallte ihr entgegen. Jedem Zuschauer entgegen. Märtes Unterbauch zog und pochte. Sie schauderte.

Sie musste sich beruhigen und suchte den Namen des Künstlers. Wo war die Frau zu sehen? Niki de Saint Phalle, buchstabierte sie den Namen der ihr unbekannten Künstlerin. Heiliger Phallus! Märte lächelte.

Wer war diese HON? Die Farben der Figur tanzten in ihrer Iris. Diese Frau auf dem Plakat zeigte ihre Freude, dass sie schwanger war.

Vor der Geburt, vor dem Moment, Gemma im Arm zu halten. Hon stellte die Freude dar! Ihr Herz schlug heftig. HON wollte sie so bald wie möglich im Museum anschauen, besuchen.

Schnell erreichte Märte ihr Haus. Sie stellte sich unter die Dusche und spürte seit langer Zeit zum ersten Mal, wie schön es war, wenn Wärme über ihren Körper lief. Ihre Haut prickelte.

Da sie die nächsten beiden Tage Nachtdienst im Labor hatte, blieb sie in der Klinik. Sie vermisste das Meer nicht.

In angespannter Unruhe erwartete sie ihren freien Tag. Den Besuch bei HON im Museum für Moderne Kunst in Stockholm.

Märte betrat die Eingangshalle des Museums. Sie war voll mit Menschen. Lautes Reden. Spannung lag in der Luft. Ihr Herz klopfte wie wild.

Vor ihr eine Gruppe junger Besucher, die immer wieder das Wort NANA sagten. Eine Frau mit roten, langen Haaren zeigte aufgeregt auf die Riesenskulptur: „Das ist Nikis größte Nana ... Heiliger Wahnsinn ... Diese Frau ...“

Ihre Freunde starrten sprachlos das monumentale Kunstwerk einer Frau an, und ein Mann blieb wie angewurzelt vor der monströsen Öffnung in die liegende Riesen-Nana stehen, traute sich nicht weiter. Sein Gesicht war knallrot erhitzt.

„Ist das nicht obszön? Durch die Vagina in die Frau hineinzugehen?"

Märte vergaß die Menschen um sich, näherte sich fast wie in Trance der bunt angemalten Mammutfrau. Sie starrte in das riesengroße Loch, das Tor in den Körper der Frau, der Eingang zur Vagina. HONS angewinkelte Beine – breit und überlebensgroß.

„Honi soit, qui mal y pense (Ein Schelm, der Arges dabei denkt)", las Märte auf dem kolossalen Strumpfband, das den linken Schenkel umschloss. Sie konnte nicht lachen.

„Soll ich es wagen?" Vier Treppen führten in diesen Eingang der Frau, den Ursprung der Welt, den weiblichen Schoß empor.

„Das ist sie", murmelte Märte. „Das bin ich?"

Die Ampel am Eingang vor ihr wechselte auf Grün. Märte zögerte nicht, sie ging los. Sie fand sich inmitten der Kathedrale Frau wieder, sie sah nach oben, sah nach rechts, nach links. 9 Meter breit, 7 Meter hoch, 28 Meter lang – sagte der Mann neben ihr.

Sie konnte sich vom Anblick nicht lösen. Fühlte sich unwirklich.

War sie ein Embryo im Mutterleib? Pinocchio im Walfisch? Eine Puppe in der Puppe? Es schwirrte in Märtes Kopf.

Von Bachs Brandenburgischen Konzerten umspielt, drehten sich vor ihren Augen dazu die eisernen, klappernden Mühlräder von Jean Tinguely, dem Lebens- und Kunstpartner der Künstlerin, die das geschaffen hatte.

Ein Empfinden von Feierlichkeit ergriff Märte. Bachs strenge Klänge, das eiserne, fröhliche Spiel der Objekte und das hohe Gefühl in ihr. Ja, ein hohes Gefühl spürte sie. Unwirklichkeit und Wirklichkeit überschnitten sich in ihrer Fantasie. Explodierende Weiblichkeit, oder was? Sie musste lächeln. Und das tat gut, unendlich gut.

Im linken Arm der Mammutfrau – einem riesigen Hohlraum – hatte sich die Gruppe der jungen Leute vor ihr niedergelassen, um den Kurzfilm „Luffar-Petter" mit Greta Garbo anzuschauen.

Warum die jungen Frauen nur so kicherten? War es ihnen unheimlich oder peinlich, in sich selbst spazieren zu gehen und sich gemütlich lagern zu können?

Märte war verzaubert vom Gefühl ihrer eigenen Weiblichkeit, in die sie sich in dieser Nana hineinbegeben hatte und so verdreht wohl fühlte. Sie dachte nicht an Kunst. Sie fühlte nur, sie fühlte sich.

Plötzlich tauchte Gemma in ihr auf. So, wie sie sie sich immer vorstellte, die kleinen, wilden Locken, die runden Bäckchen, die hellblauen, großen Augen. Sie spürte das verlorene Kind, als sei sie es selbst. Sie stieg eine Treppe hoch, presste stoßweise den Atem durch ihre trockenen Lippen und blieb in der Mitte des raumhohen Bauchraumes der Nana stehen. Sie merkte nicht, wie die nachströmenden Besucher sie zur Seite drängen wollten. Sie stand wie angewurzelt.

Sie sah nach oben und stieg ins Planetarium, in die linke Brust der Nana HON. „Gemma! Gemma! Mein Mädchen!"

Zwischen hellen Sternen sah sie ihr Mädchen. Es flog gebettet im Dunkel und bestrahlt von den Sternen in seinem Himmel. Es tanzte und trudelte, ruderte fröhlich mit den Armen wie ein Putto, der sich nach der Madonna streckt. Märte spürte die unendliche, erfüllte Freude ihres Kindes. Sie fühlte und sah, dass das Kind sie nicht brauchte.

Dort in diesem Himmelsbett ließ Märte ihr Kind los. Sie wusste, es war auf ewig geborgen, und es war gut.

In dieser Kammer, der Brust der Nana, ließ sich Märte erschöpft fallen. Sie war umgeben von einem großen, wärmenden Mantel aus Sternenstaub. Gemalt auf tiefem Blau. Hier fand Märte ihre eigene Ruhe.

„Meerstern, ich dich grüße, O Maria hilf!
Mutter Gottes süße, O Maria hilf!
Maria hilf uns allen aus dieser tiefen Not!

Rose ohne Dornen, O Maria hilf!
Du von Gott Erkorne, O Maria hilf!
Maria hilf uns allen aus dieser tiefen Not!

Lilie ohnegleichen, O Maria hilf!
Dir selbst Engel weichen, O Maria hilf!
Maria hilf uns allen aus dieser tiefen Not!“

sang es in ihr und tönte leise nach. Nachdem sie das nächtliche Firmament voller Sterne losgelassen, ihr Kind losgelassen hatte, stieg Märte ruhig in die rechte Brust der Nana.

Sie fühlte sich geborgen. Sie trat an die köstliche Milchbar und bestellte – sie tat es wirklich und musste über sich lächeln – eine Zitronen-Maracuja-Milch. Die hatte Oma Lisbeth ihr früher als Kind oft zubereitet. In einem Zug trank sie das Glas leer.

Ganz entspannt ließ sie sich schließlich im riesigen, linken Knie der HON in der angebotenen Sitzecke nieder und kuschelte sich in die Kissen mit rotem Samt.

Hier traf sie die junge Frau wieder, und in dem gedämpften Licht redeten die beiden mit einer Selbstverständlichkeit, als kennten sie sich seit langer Zeit.

„Wir sind im Körper einer Muttergöttin", sagte die Rothaarige leise.

„Spürst du es auch?" Märte nickte.

„HON ist eine große Fruchtbarkeitsgöttin, die sich bequem in ihrer Unermesslichkeit zurücklehnt und tausende Besucher generös empfängt; sie schluckt, sie verschlingt und sie wiedergebiert. HON hat etwas Magisches. Sie kann keinem helfen, aber sie kann den Menschen vermitteln, sich gut zu fühlen. Jeder, der sie sieht, lächelt."

Als die Rothaarige die Worte von Niki de Saint Phalle aus dem Katalog vorlas, musste auch Märte lächeln.

Wo Onassis starb

Paris im Frühling. Gibt es etwas Schöneres und jedes Klischee in den Schatten Stellendes als diese Wirklichkeit? Die zarte Wärme in der Luft, aufbrechende Kastanienblüten, die ersten nackten Beine der Mädchen auf den Champs Elysées, der lustvolle Blick eines jungen Mannes auf ein weibliches Hinterteil, das sich auf der Pont Neuf schwungvoll vor ihm bewegt?

Agiatis trug die großen Tüten aus dem „Printemps" in den Händen, als schöben sie ihre ganze Person voran. Ihr aufgerichteter Körper schwang sich auf ihren High Heels in kleinen Schritten in Richtung Métro. Bald würde Alain zu ihr kommen, und sie wollte ihn in einem neuen Kleid, geduscht, geföhnt, gestylt und mit einem Hauch ihres Parfums hinter den Ohrmuscheln freudestrahlend empfangen.

Sein Anruf heute Morgen aus Saint Torturelle hatte Frühlingsgefühle in Bewegung gesetzt. Alain hatte sein Training abgeschlossen, früher als erwartet. Sein Renntraining, das ihn ein Stückchen näher an die Spitze der Weltklasse bringen sollte. Und im Training, im Rennstall, schwirrten begehrenswerte Mädchen um die Matadore.

„Konkurrenz belebt das Geschäft", meinte Alain vor zwei Wochen schmunzelnd.

„Wlaka", schoss es ihr in ihrer Muttersprache durch den Kopf, „du Idiot."

Ihre Straße im Marais empfing sie vertraut und ruhig. Der Portier des kleinen Hotels nebenan grüßte sie freundlich. Sie schloss die Haustüre auf, trat ein, schaute durch den Schlitz in den Briefkasten und stieg die beiden Treppen zu ihrer Wohnung hinauf. Die Holztreppen waren blitzsauber und poliert. Eine Concierge achtete darauf.

Die Wohnung war nicht besonders groß, aber von Pariser Charme. Zwei ineinandergehende, hohe Räume mit tiefen Fenstern, die auf die Rue Malher hinausblickten. Dazu ein kleines Schlafzimmer mit einem französischen Bett und einem Schrank, der es fast ausfüllte. Die Ornamentik der Tapete an den Wänden und an der Decke umwuchs die schlafende Agiatis und immer wieder auch den Liebhaber neben ihr. Dunkelroter, stumpfseidiger Grund mit großen weißen Lilien.

Agiatis schlenkerte die Schuhe von ihren Füßen und lief ins Schlafzimmer, um dort die beiden Einkaufstüten auszuschütten. Das kurze, schwarze Kleid aus Georgette und die schwarzen, offenen Schuhe. Ein Blick genügte, um sich zufrieden mit den Shoppingtrophäen zu fühlen.

Der riesige mit goldenem Barockrahmen umgebene Spiegel im Bad zeigte bald ihren nackten Körper, der sich unter der laufenden Dusche erfrischte. Wie dünn sie in den letzten Monaten geworden war! Sie sah rasch weg und griff nach der Waschlotion, füllte damit üppig beide Hände und schamponierte und massierte Haare und Körper in vertrautem Ritual. Viel Wasser folgte. Unter dem Arm wollte sie sich nicht nachrasieren, da sich dort seit zwei Monaten eine kleine Erhebung nicht verziehen wollte. Sicher durch eine Verletzung beim Rasieren, weil Alain absolut auf Nacktheit unterm Arm, auf den Beinen und im Schoßbereich stand.

Was Männer nur früher daran fanden, zwischen wirren Haarbüscheln Liebe zu machen?

Im weißen Bademantel aus Piqué über dem sorgsam eingecremten Körper betrat Agiatis die Küche und holte die Hors d'oeuvres, die sie besorgt hatte, aus der Plastiktüte und naschte ein Stück vom fein aufgeschnittenen Roastbeef. Dem Beaujolais wandte sie sich mit besonderer Konzentration zu. Sie war Sommelière im Hotel „Deux Rois", und diesem Getränk gebührte seit ihrer Kindheit auf dem griechischen Weingut ihrer Eltern höchster Respekt.

Nach dem Öffnen der Flasche trat sie an den hohen, gläsernen Schrank im Salon, der Karaffen aller Stile, jeden Alters und immer von feinster Qualität enthielt. Agiatis wählte eine streng geschnittene Kristallkaraffe aus Thessaloniki. Das dunkle Rot des Kristalls besaß durch die Goldelemente im Glas eine geheimnisvolle, kostbare Ausstrahlung.

Weich floss der Wein aus der Flasche durch den Karaffenhals und verteilte sich langsam aufsteigend bis in das obere Drittel. Den großen, kristallenen Stöpsel legte Agiatis vorsichtig daneben. Jetzt konnte der Wein atmen. In ein, zwei Stunden würde Alain bei ihr ankommen.

Ihr Handy läutete. Sie drückte auf Empfang, weil sie Alain vermutete. Eine aufgeregte weibliche Stimme.

„Wer ist da? Bitte reden Sie lauter! Ich verstehe Sie nicht!"

Die Frau musste sich verwählt haben. Von nun an klingelte das Telefon alle zehn Minuten. Anrufer unbekannt, zeigte das Display. Agiatis war genervt. Sie legte das Handy in die Küche und zog sich schnell an. Ihre dunkelbraunen Haare kämmte sie streng und glatt aus der Stirn zurück. Ihre Madonnenstirn, wie Alain sagte. Ganz genau wusste sie nicht, wie er das meinte.

Leichtes Make-up, Wimperntusche und etwas Gloss auf die Lippen. Sie sprühte Parfum hinter jedes Ohr, hob ihr Kleid, spreizte die Schenkel und verteilte ein wenig auf den Innenseiten.

Draußen war es bereits dunkel, als Alain die Wohnung betrat. Er war erhitzt und gereizt, denn er war zwanzig Minuten im Quartier herumgefahren, um einen Parkplatz zu finden. Er küsste sie auf den Mund, ohne sie seinen Mund spüren zu lassen.

Lass ihm Zeit, dachte Agiatis. Er muss erst einmal ankommen. Gleichzeitig lächelte sie über ihren Gedanken, denn das war der Satz ihrer Mutter, wenn der Vater nach der Arbeit im Weinberg oder nach einer Reise nach Hause kam.

Alain blieb einige Zeit im Bad. Agiatis zog den Duft des Beaujolais mit geschlossenen Augen in die Nase und goss den Wein langsam in die beiden Gläser. Die Handlung tat ihr gut, als halte sie sich an etwas Bekanntem fest.

Das Licht im Salon war ihr plötzlich zu hell, sie dimmte die kleinen Lampen auf den beiden niedrigen Olivenholz-Tischchen neben dem Sofa.

Ob es der richtige Abend war, Alain zu bitten, im Sommer mit ihr auf den Peloponnes zu fahren? Großmutters 60. Geburtstag, ein großes Familienfest, wie es ihr von Kind an vertraut war und das sie so liebte.

Die Hänge hinter dem Haus zogen sich vor ihrem inneren Auge fast bis zum Himmel. Dieser strahlende Himmel ihrer Kindheit, der warme Dunst, der aus den Weinblättern und den dunklen Trauben ihr entgegensprang, wenn sie bei der Ernte half. Bis vor zwei Jahren war sie regelmäßig nach Hause gefahren. Weinbäuerin wollte sie als Mädchen werden, aber die älteren Brüder würden das Gut übernehmen. Nach dem Abitur hatte sie in Athen im „Imperial" Hotelfach gelernt, hatte sich nach einem Stipendium in Paris den Beruf einer Sommelière mit Fleiß und Begeisterung angeeignet. Ein Jahr war sie in Australien auf dem Weingut ihres Onkels

Konstantinopolos gewesen, bis sie sich mit Erfolg im „Deux Rois“ beworben hatte.

Eine Griechin in Paris. Ihr Französisch klang rau und dunkel.

„Geheimnisvoll, Ihre Stimme, und so elegant ...“ Mit diesen Worten hatte Alain sie vor einem Jahr in der Bristol Bar angesprochen.

„Du hast was von der Callas, so stolz und verschlossen. Das reizt mich“, meinte er, nachdem sie sich einige Zeit kannten.

Alain nahm sein Weinglas und trank im Stehen einen Schluck. Er lud sich von der Platte auf dem Esstisch ein paar Vorspeisen auf den Teller und setzte sich neben Agiatis auf das Sofa.

Agiatis stand auf und legte eine CD mit Musik aus dem letzten Film von Theo Angelopoulos auf. Alain strich ihr über den Unterarm, als sie sich in die Rückenkissen des Sofas drückte. „Schön bist du“, sagte er, ohne sie anzusehen. Sie tranken nun beide.

„Ich finde, du solltest dich anmelden. Ich werde die nächsten Wochen in Paris sein. Ich möchte dabei sein.“ Alains Stimme klang bestimmt und weich zugleich.

„Es ist schon wieder kleiner geworden. Vorhin beim Duschen ...“

„Das sagst du seit Wochen. Mutter wollte dich heute anrufen.“

„Heute gegen Abend?“

„Ja, ich habe mit ihr telefoniert. Du bist nicht drangegangen, sagte sie mir.“

Agiatis holte die Karaffe und schenkte ihnen beiden nach. Das dauerte. Gut, dass es dauerte, und Alain beobachtete sie aus den Augenwinkeln.

„Das Dinner mit den Filmleuten morgen Abend beginnt um Mitternacht ... Nächste Woche.“ „Ich weiß, du hast immer zu tun ... Dein Service ist perfekt ... Santé, ma chère! Santé!“

„Du hast ja recht ... Aber Großmutters Geburtstag ... Kannst du mit mir ...?“

„Ja, sicher. Ich werde mit dir nach Griechenland fahren, aber erst gehst du nach Neuilly!“

Alains Stimme klang nun bestimmt.

„Neuilly?“

„Mutter kennt dort den Frauenarzt, einen Spezialisten und Operateur.“

„War sie nicht selber letzten Sommer dort?“

„Ja. Er ist eine Kapazität, ein wunderbarer Mensch. Sie vertraut ihm völlig.“

Agiatis fühlte sich starr werden. „Ich habe Angst“, flüsterte sie. Alain sah sie liebevoll an.

„Mutter wollte es dir vorhin sagen, nein, es dir ans Herz legen, du musst dich endlich untersuchen lassen, Agiatis!“

Agiatis stand auf und ging in die Küche, um das Baguette zu holen. Vor dem Schrank überfiel sie ein Schwindel, sodass sie sich festhalten musste. Wenn es doch bösartig war? Wie bei Sophia, ihrer Cousine? Seit drei Monaten schob sie das Problem vor sich her.

„Ich schaff das nicht, Alain!“ Sie brach in Tränen aus und Alain kam in die Küche. Er nahm sie in den Arm und streichelte in gleichmäßigem Rhythmus über ihren Rücken.

„Holst du dir morgen einen Termin? Hier ist die Durchwahlnummer zu Professor Bertrand.“

Alain zog einen Zettel mit den Angaben aus seiner Hosentasche. Agiatis las ihn, ohne ihn zu lesen, und versprach: „Ja, ich rufe morgen Vormittag an.“

Nachts stand Agiatis auf, ging ins Bad und tastete ihre Oberarmkuhle und auch ihre Brust sorgfältig ab.

Die taubeneigroße Geschwulst war zu fühlen. Doch sie schmerzte nicht, was ein schlechtes Zeichen war.

Professor Bertrand hörte ihr am nächsten Tag sehr ruhig am Telefon zu.

„Lassen Sie sich heute noch einen Termin für unser Gespräch geben. Sagen Sie alle Termine für die nächste Zeit ab."

Alain begleitete Agiatis in der gleichen Woche zu der schmerzhaften Punktion in Brust und Lymphe. Die Diagnose verlangte eine sofortige Operation.

Als Agiatis nach der Operation aus der Narkose erwachte, saß Alain neben ihrem Krankenbett. Das Fenster des großen Zimmers stand offen. Vorsichtig schob sie die rechte Hand unter der Decke in Richtung Brustkorb. Sie fühlte die Erhebung der Brust unter dem Verband. Ihre Brust war nicht entfernt worden.

Als sie die Augen ganz öffnete, sah sie die blühenden Kirschzweige, die sich vor dem Fenster ganz leicht im Wind bewegten. Sie glaubte, die warme Luft auf ihrem Gesicht zu spüren.

Da saß Alain. Er blickte sie an und weinte. Über sein blasses Gesicht liefen Tränen, unentwegt liefen die Tränen, und er beugte sich zu ihr, seine Stimme klang fast so hoch wie die eines Countertenors:

„Chérie, alles ist gut. Alles ist gut. Du hast Glück gehabt."

Agiatis fragte nach einer Zeit des erstaunten Schweigens im Pianissimo nach:

„Alles ist gut? Alles ist gut!? ..."

„Chérie, alles ist gut!"

Alain küsste sie zärtlich auf den Mund. Und sie hielten sich fest an beiden Händen.

Die Schwester betrat das Zimmer und wechselte mit freundlichen Gesten die Infusion.

„Ich bin so dankbar und glücklich, Schwester! Kein Krebs." Sie flüsterte das Schreckenswort.

„Das können Sie auch sein. In ihrem jungen Alter wäre es besonders schlimm ... und besonders in diesem Zimmer!"

„Diesem Zimmer?"

„Ja, vor vielen Jahren starb in diesem Zimmer Aristoteles Onassis."

„Der griechische Reeder Onassis?"

„Ja, der, der die wunderbare Callas so unglücklich gemacht hat."

Wenn du eine Schlange am Busen nährst

Die Schlange aus dem Paradies ist weiblich. Im Leben aber kann sie sich auch in Gestalt eines Mannes offenbaren.

Jakob trug schon als Kind gerne die Kleider seiner kaum älteren Schwester Rike. Rike, das bin ich. War unsere Mutter als Altenbetreuerin der Diakonie unterwegs, zog Jakob immer wieder seine Jeans, den Pulli und die Schuhe aus und stellte sich nackt vor meinen Schrank.

Ich hatte ihm freie Auswahl gelassen und saß im Wohnzimmer vor dem Fernseher und schaute mir die neue DVD an, die Jakob mir für den verbotenen Kleiderwechsel geschenkt hatte. Viele Kleider besaß ich nicht, manchmal bettelte ich bei der Mutter um einen neuen, engen Rock oder ein Top mit dünnen durchsichtigen Trägern, nur damit Jakob wieder seinen Spaß hatte und ich von ihm einen Wunsch erfüllt bekam.

Dazu gehörten in der Schulzeit Kinokarten für mich und meine Freundin, Gutscheine für die Erledigung verschiedener Hausaufgaben oder Pflichten, die die berufstätige und immer gehetzte Mutter uns auftrug.

Jakob stand vor dem Spiegel, und am liebsten hätte er seine kleine Männlichkeit mit einem breiten Pflaster zwischen seine Beine geklebt. In Miniröckchen und anliegendem, feuerrotem T-Shirt drehte er sich kokett vor dem Spiegel, griff in die schulterlangen Haare und stellte sich auf die Zehenspitzen, als trüge er hohe Absätze wie die Mutter, wenn sie ausging.

Ich bediente die Lust meines Bruders, lieber ein Mädchen zu sein, von jung an. Und es blieb unser beider Geheimnis.

Im Sportunterricht verknackste sich Jakob oft, das heißt absichtlich, das Fußgelenk und er schaffte es, vom Hausarzt unserer Familie ein Attest über einen leichten Herzfehler wegen zu schnellem Wachstum zu bekommen, und musste nicht mitturnen. Nicht nur die pubertären Ausdünstungen im Sport, sondern auch das rüpelhafte Benehmen seiner Klassenkameraden und besonders die Witze über die „blöden Weiber", die Mädchen in der Klasse, waren Jakob zuwider.

„Er ist halt so sensibel", verteidigte Mutter ihn.

Jakob lebte als Junge ein recht ruhiges Leben, was mir und meinen Freundinnen gefiel. Die kamen nachmittags nach der Schule gerne zu uns, und Jakob spielte mit uns und übernahm beim Barbie-Spielen gerne den Part der Cindy und ließ unsere Barbiepuppen auf Cowboywagen mitfahren. In den Ressorts der Indianer befreite er die Schwester Winnetous vom Marterpfahl. Ich war stolz auf meinen Bruder, und er war mir nah wie eine Schwester, die aber einen spannenden, fremden Anteil besaß, den ich später als den männlichen Part in Jakob erkannte.

Sein Spiel des Verkleidens erhielt eine besondere Dimension, als ich in die Pubertät kam und mein Busen zu wachsen begann. Jakob drängte es förmlich danach, sich mit mir im Bad aufzuhalten und mir das Bürsten des Rückens, wenn ich in der Badewanne lag, mit äußerster Hingabe angedeihen zu lassen. Wenn er auf meine kleinen rosa Knöspchen starrte, wurden seine Bewegungen langsamer. Mir machte es Freude, meine Tütchen auszuspielen und beim Unter- und Auftauchen in der randvollen Badewanne mit dem neidischen Blick des Bruders mein teuflisches Spielchen zu treiben.

Wenn Mutter in der Arbeit war, pflegte sie uns vorher täglich ein paar Saftorangen auf den Küchentisch zu legen. Die Saftpresse daneben.

„Denkt an die Vitamine, Kinder!“, war ihr Standardsatz.

Einmal kam ich in die Küche und da stand Jakob, rechts und links die ausgepresste Hälfte einer Orange in den Händen.

„Rike“, und dann zögerte er, „Rike!“

„Ja, was ist denn? Was suchst du denn?“

Jakob starrte auf die Orangenhälften, drehte sich mit einem Ruck mir zu und presste die leeren Fruchtschalen gegen meine kleinen Erhebungen.

„Jetzt spinnst du ja voll“, sprudelte es aus mir, aber im gleichen Augenblick sah ich Jakobs Ausdruck und mir blieb die Spucke weg.

Zum ersten Mal bekam ich Angst. Angst vor meinem Bruder, aber auch um meinen Bruder. Aus seinen grünbraunen Augen, die leicht zusammengekniffen waren, sprang mir etwas Unheimliches entgegen, das mich verwirrte und das zu deuten ich nicht fähig war.

Als ich mit fünfzehn Jahren in die Tanzstunde ging, mochte ich es nicht mehr, wenn Jakob sich zwischen meine Freundinnen und mich drängte – eigentlich war er ja wie ein Schatten von mir und immer dabei. Etwas änderte sich mit uns Mädchen, und das merkte Jakob früher als wir. Er buhlte um uns mit liebevollen Taten, buk uns beim Mädchentreff in unserer Wohnung die leckersten Waffeln mit Blaubeeren, schaffte die neuesten Teeny-Journale herbei und legte uns, was uns eher verwirrte, einen Packen ausgeschnittener Abend- und Partykleider aus Zeitschriften auf meinen Schreibtisch.

Der Abschlussball war unser Thema. Die Jungen, die uns über die Tanzfläche zu schieben versuchten, fanden wir fast alle doof, was Jakob mit heftigem Kopfnicken bestärkte.

„Solche Typen muss ich in der Schule ertragen." Einen Augenblick verstand ich meinen Bruder sehr gut.

Mutter wollte sich als Alleinerziehende nicht lumpen lassen. Ich sollte das Traumkleid für den Abschlussball im Breitenbacher Hof bekommen und dabei half ihre Schwester, Tante Lotte.

Als Schneiderin besorgte sie die dunkelgrüne Kunstseide, und wenn ich bei der Anprobe vor dem Spiegel in ihrem Nähzimmer stand, schien ich mich zu verwandeln. So hatte ich mich noch nie gesehen.

„Kleider machen Leute", strahlte Tante Lotte heiter und steckte die Taille noch enger. „Du willst es trägerlos und bis zu den Knöcheln?", fragte sie und biss dabei auf mindestens zehn Stecknadeln zwischen den Zähnen.

„Ja, der Jakob meint, ... der Jakob meint, die Korsage ganz eng und knapp über dem Busen. Hörst du, Tante Lotte? Mach die fest zu und in der Taille – noch enger, Tante Lotte! – ein schwarzer Samtgürtel und dann, dann ein dünnes, schwarzes Samtband um den Hals. Jakob sagt, ich hätte einen Schwanenhals!"

Lachen konnte Tante Lotte nicht, sonst hätte sie die Nadeln verschluckt. Sie nickte todernst und folgte Jakobs Vorschlägen.

Jakob durfte mit zum Abschlussball und trug seinen dunkelblauen Konfirmationsanzug. Er saß neben unserer Mutter, sagte den ganzen Abend kaum ein Wort und starrte auf das Geschehen auf der Tanzfläche. Sein Gesicht sah blütenweiß aus.

Nach dem Vortanzen meines Kurses und der großen Polonaise packte Mutter Jakob, verließ den Ball und steckte mir vorher noch einen größeren Geldschein zu, um meine Getränke und das Taxi bezahlen zu können.

Als ich nach Mitternacht leise durch die Wohnungstür geschlichen kam, hörte ich das Schluchzen meines Bruders. Ich horchte einen Augenblick an seiner Tür, entschied mich aber, sie nicht zu öffnen. Die Erinnerung an meinen ersten Ball wird immer mit Jakobs herzzerreißendem Schluchzen verbunden bleiben.

Und dann seine Erlösung. Als wir uns tags darauf eine Pizza im Ofen aufbackten und Jakob immer noch todtraurig am Küchentisch saß, kam mir die Idee.

„Magst du's mal anziehen? So lange wie du willst, Brüderchen. Mama hat ja heute Spätschicht."

Jakob sah mich an, und sein verdunkeltes Gesicht erhellte sich wie die Sonne, wenn sie morgens aufgeht. Er schwieg. Die Ecken seines schönen, geschwungenen Mundes zogen sich langsam hoch, und ich meinte zu sehen, dass sie sich kräuselten. Jakob sprang auf und fiel mir mit Kopf und Oberkörper auf den Schoß und umschloss mich mit beiden Armen.

Gemeinsam gingen wir ins Bad. Ich legte ihm ein großes Handtuch um die Schultern, kämmte ihm die Haare aus der Stirn. Dann suchte ich meine Schminksachen heraus und nahm aus Mutters Kulturbeutel das helle Make-up, das passende Puder, den flüssigen Eyeliner und die Wimperntusche. Den pinkfarbenen Lippenstift wählte ich aus meinem Sortiment.

„Darf ich zuschauen?", fragte Jakob.

„Nein", sagte ich streng. „Die Stylisten dürfen beim Kreieren nicht abgelenkt werden."

So hatte ich es im Fernsehen gesehen und gehört.

Jakob schloss die Augen, und ich spürte bei ihm eine solche Hingabe an meinen Akt des Schminkens, dass es mir nicht leicht fiel, ihn sachlich auszuführen. Mit einem Schwämmchen bedeckte ich seinen makellosen, hellen Teint mit Make-up und puderte Nase und Stirn. Den braunen Eyelinerstrich zog ich ein wenig aus dem Wimperneck heraus und tuschte die langen, gebogenen Wimpern zu fast doppelter Länge und Dichte. Das glänzende Pink füllte die Lippen gänzlich aus. Mit einer weichen Bürste kämmte ich Jakobs Haare. In großen Wellen fielen sie fast bis auf die Schultern.

„So, nun hole ich dir das Kleid und häng es dir in dein Zimmer. Der Reißverschluss ist auf der Seite ... das schaffst du schon."

„Und deine silbernen Sandaletten?"

„Die stelle ich dir dazu."

Ich fühlte mich sehr gut, nachdem ich meinen Bruder zu einer wunderschönen Frau geschminkt hatte. Verwandelt hatte er sich selber während dieses Prozesses. Ich verließ das Bad und brachte Ballkleid und Schuhe in Jakobs Zimmer. Das Deckenlicht reflektierte in der grünen Seide.

Im Wohnzimmer zündete ich alle Kerzen auf Mutters Leuchtern an und legte einen nostalgischen CD-Mix mit Liedern von Frank Sinatra, Dean Martin und Leonhard Cohen auf. Ich wartete, wartete lange und mir war die Aufregung so in den Kopf gestiegen, dass ich mir von Mutters Eierlikör ein Gläschen randvoll eingoss und in einem Zug hinunterkippte.

Da stand er. Nein, da stand sie. Jakob, das schönste Mädchen, das ich je gesehen hatte. Langsam und mit kleinen Schritten trat er aus dem Türrahmen. Die rechte Hand schürzte das weite, grüne Kleid ein wenig. Die Seide raschelte und machte Sinatras sinnliche Stimme zum erotischen Akt. Das Kerzenlicht ließ Jakobs Augen geheimnisvoll funkeln. Mitten im Zimmer blieb er stehen, und ich sah und spürte, mein Bruder war glücklich. Glücklich in diesem Moment so zu sein, wie die Natur es ihm verwehrt hatte.

„Du bist eine Göttin", kam es mir über die Lippen.

„Mir reicht schon, ein Hollywoodstar zu sein", lachte Jakob heraus, und seine Stimme überschlug sich.

„Kann ich meine Canon holen? Bitte, lass mich dich fotografieren!"

Jakob ließ sich auf unserem großen Ledersessel nieder und räkelte sich wie eine Filmdiva. Ich konnte nicht aufhören, ihn von allen Seiten mit meiner Kamera festzuhalten.

„Weshalb sitzt eigentlich dein Dekolleté so perfekt", schoss es mir heraus.

„Irgendetwas wenigstens musste doch bei mir schöner sein."

Da schleuderte Jakob die Silberschuhe von seinen großen Füßen und sprang auf. Er griff in seinen Ausschnitt und holte Tempotuch um Tempotuch heraus, bis sich vor uns auf dem Boden ein Häufchen falscher Busen, Ausstopfbusen, erhob. Wir lachten befreit und lösten uns von diesem verstörenden Zauber, den Jakob für sich und für mich geschaffen hatte.

Jetzt packte ich meinen schönen Jakob und schwang ihn nach der Musik durch das Zimmer.

Wir drehten und bogen unsere Körper, wir kreuzten unsere Füße, wir ließen uns an ausgestreckten Armen durch das Zimmer tanzen und unter unseren Armen durchschlüpfen.

Zwei kaltblütige Schlangen, die sich miteinander und aneinander ergötzten. Ein Spiel, das uns Jakobs falsche Natur ermöglicht hatte. Unser Geheimnis, auf das ich nie mehr verzichten wollte. Die Häutung der Schlange. Die neue Wahrheit.

Ich kann mich nicht erinnern, jemals in meinem Leben eine solche Nähe mit einem männlichen Wesen erfahren zu haben. War es der verstellte Inzest, den die

Travestie meines Bruders erlaubbar gemacht hatte? War das Mann-Weibliche in einem Menschen und getarnt durch das Weibliche, das meiner Natur so vertraut war, der Schlüssel für diese Vertrautheit?

Damals als junges Mädchen habe ich darüber nicht nachgedacht. Ich habe diese Verschmelzung auf das Äußerste sinnlich genossen.

Alle meine Begegnungen mit jungen Männern verliefen in kameradschaftlichen, eher sportlichen Freundschaften. Es war, als hätte ich mein Ideal gefunden. Unter dem gleichen Dach. In der gleichen Familie. Das Gefühl in mir war abgedeckt. An Sex dachte ich nicht.

Im gemeinsamen und geheimen, also verbotenen Spiel von Jakob und mir implodierte die Lust und gehörte nur uns beiden. Ich hatte die herrliche, verführerische Schlange an meiner Brust gewärmt und genährt. Könnte es ein, dass dies auch ein süßes Machtgefühl in mir wachsen ließ?

Jakob machte nach seinem Realschulabschluss eine Drogisten-Ausbildung und wohnte weiter bei der Mutter. Ich verließ unsere Stadt, um als Au-pair in Florenz Italienisch zu lernen. Ich mailte und simste mit Jakob viel und trug unser Empfinden inniger Nähe mit mir.

Giorgio kam über meine italienische Familie in mein Leben. Ein blonder Italiener. Er hielt Abstand und verstand es durch die mir noch fremde Sprache, deren exotischer Reiz mich anzog, sich mir zu nähern, ohne dass ich mich überfallen fühlte. Wie das klang?

„Ich sehne mich nach dir – mi manchi“ oder „mein Sternchen – mia stellina“ oder später „Ich liebe dich – ti amo.“

Giorgio gelang es, unter meine Haut zu kriechen. Meine Schlangenhaut – Jakobs Schlangenhaut. Ich wurde neugierig auf den Mann! In seinen Kreisen, darauf bestand er, hielte man vor der Ehe körperliche Distanz. Ihn entzückte, dass ich Jungfrau war. Vor Jakob behielt ich Giorgios Existenz geheim.

Es war am Ende unseres ersten Jahres, als Giorgio im Rheinland zu tun hatte und vorschlug:

„Das ist doch die Gelegenheit, deine Mutter und deinen Bruder zu besuchen." Meine toskanische Gastfamilie war auch sofort begeistert.

„Hauptsache, du kommst wieder!"

Mir war nicht wohl während der Autofahrt. Spät in der Nacht kamen wir bei meiner Mutter an, die uns in meinem Zimmer das Bett vorbereitet hatte.

„Morgen gehen wir aber ins Hotel", flüsterte Giorgio mir zu.

„Jakob schläft schon, er muss ja morgen früh raus", entschuldigte Mutter die Abwesenheit meines Bruders.

Es muss in dieser Nacht geschehen sein, als ich erschöpft von der langen Reise fest schlief. Giorgio und Jakob trafen sich schlaftrunken in der Diele unserer Wohnung. Beide einander unbekannt. Beide wie im Traum. Sie standen voreinander und es passierte. Das, was die Mythen dem Schuss des Amors andichten, das, was der Franzose „Coup de foudre" nennt und ich seit damals den Biss der Schlange.

Ich hatte sie genährt, die Schlange an meinem Busen genährt und nun verriet sie mich mit dem Mann, für den ich mich entschieden hatte.

Erfahren habe ich von diesem Drama, als Giorgio und ich wieder zurückfuhren. Sein Schweigen kam mir befremdlich vor und ich fragte so lange, bis Giorgio am nächsten Autobahnrastplatz hinausfuhr und auf die Bremse stieg. Er klammerte sich am Steuerrad fest und starrte durch die Windschutzscheibe geradeaus.

„Ich habe mich in deinen Bruder verliebt. Ich wollte es dir längst sagen. Dachte aber, mit dir kann ich es ..."

„Jakob?! Du und Jakob?!" Ich schüttelte unentwegt meinen Kopf und krallte meine Finger ineinander.

„Jakob?"

Ich fühlte mich so, als würde mir die Schlangenhaut über den Kopf gezogen. Umkehr der Sinne, des Gefühls, des Verstandes.

Jakobs Coming-out mit Giorgio setzte einen Schlussstrich unter meine Jugend mit dem geheimnisvollen Geliebten, dem Brudergeliebten. Der Verlust meiner Macht, ihn in Travestie verzaubern zu können, teilzunehmen an dem theatralischen Geschlechterwandel. Dem Zauber für einen Augenblick Zeit. Der Verlust schmerzte lange.

Wo Jakob jetzt ist? Was er macht? Wie er lebt? Vielleicht kennen Sie ihn. Seit Jahren tritt er als größter Travestiekünstler Europas auf.

„Wo Pailletten und Pointen um die Wette glitzern", schrieb neulich eine bekannte, deutsche Zeitung über seinen Auftritt im „Deutschen Theater". Freunde erzählten mir, dass er auf der Bühne immer auch unsere Anekdote mit den halben Orangenbusen erzählt und beim Schlussauftritt ein dunkelgrünes, glitzerndes Kleid mit Korsage trägt. Hauteng! Meine Schlange!

Kokoschkas Traumfrau

„Almili, Almili, mein Engelsweib!“

Endlich war sie da. Fast ein Jahr hatte er auf sie gewartet. Sein heißer Traum erfüllte sich. Kokoschka schloss die schweren Vorhänge in seiner Wohnung. Die Türme der Frauenkirche hatten aufgeleuchtet, als er sie zuzog. Samtenes Grün.

Er hatte für den nächsten Samstag den Wagen bestellt und eine Loge in der Staatsoper reserviert. Die beiden Logenplätze, die die beste Sicht auf die Bühne haben würden. „Tristan und Isolde“, keine Oper passte besser zu ihrer Liebe.

Wie Alma damals, bei ihrer ersten Begegnung, „Isoldes Liebestod“ gesungen hatte. Ans Klavier war sie geschlichen mit ihrem göttlichen Katzengang, hatte sich im Gesellschaftstrubel ganz dem Klavierspiel und ihrem Gesang hingegeben. Hingegeben. Alma! Den leidenschaftlichen Schmerz Isoldes hatte sie in ihre Stimme gelegt. Die Tigeraugen flammten. Das war 1912, Mitte April musste es gewesen sein, als er ihr am nächsten Tag einen Heiratsantrag gemacht hatte. Ihr, der jungen Witwe von Gustav Mahler. Der schönen, reichen, umschwärmten Witwe in Wien. Ein großer Bub war er neben ihr gewesen, der Göttin und Muse. Mein Wildling nannte sie ihn. Seine männliche Leidenschaft, sein junges Genie; ja, damit hatte er sie erobert. 400 Briefe hatte er ihr geschrieben oder waren es mehr?

Und sie?! Weib war sie und Mann, sie hob alle seine Frauenbilder aus den Angeln. Liebevoll und streng wechselte sie ihr Wesen, gab sich hin und züchtigte ihn bei seiner Arbeit. Ohne Pardon!

Kokoschka streckte seinen langen Hals. Ihm war, als säße er auf dem Rücken seines Pferdes, und er, der Soldat des k.u.k. Dragonerregimentes Nummer 15, ritt durch die ukrainische Steppe, durch die italienisch-slowenische Landschaft bei Isonzo. Er, der die Frau seines Lebens und seiner Kunst erobert hatte. Und dann der Schuss, der Schuss durch seinen Schädel und der Stich des feindlichen Bajonetts in die Lunge, sodass er vom Pferd geschleudert wurde. Seinen Tod hatten die Wiener Zeitungen fälschlich gemeldet. Und wo war sie, seine Alma?

Jetzt hatte er sie wieder. Hier vor ihm lag sie, geheimnisvoll verhüllt und würde ihm wieder Geliebte und Muse, Begleitung und göttliche Freundin sein. Sein Herz stolperte, sein Atem ging schnell. Der Duft von Moschus und Rosen lag in der Luft.

Kokoschka schloss die Tür des alten Glasschrankes auf und nahm zwei geschliffene Sherrygläser heraus. Bedächtig füllte er sie mit dem dunkelbraunen, herbsüßen Alkohol, hob eines an seine Lippen und ließ die Flüssigkeit langsam in seinen Mund fließen. Mit den Worten „Herzlich willkommen, mein Weiblein!“ füllte er das zweite Glas und trank es schnell aus, lächelnd.

An der Tür zu seinem Atelier drehte er sich um und sah kurz auf die lange Holzkiste, die die Transporteure aus München in die Mitte des Salons gestellt hatten.

Damals 1913, als sie als verliebtes Paar durch Süditalien gereist waren und Neapel beider Begeisterung angestachelt hatte, hatte sie ihm nachts zärtlich-drohend ins Ohr geflüstert: „Male das Bild von uns beiden zu Ende oder ich verlasse dich.“

Sie hatte wirklich ihr Jawort an die Vollendung seines Ölgemäldes „Doppelbildnis" geknüpft. Kokoschka schüttelte den Kopf.

Er hatte auf dem Ölbild ihre Hände sich nicht vereinen lassen, schon damals nicht. Aber in der „Windsbraut", dem Trakl-Gedicht entnommen, lagen sie beide im tosenden Meer, nackt und nur in der Mitte verhüllt.

Wie sie neben ihm schlief, seine Mädchenfrau und er, der nachdenklich schaute. Und weshalb hatte er die Sichel des Mondes abnehmend in den Hintergrund gemalt? Ein Palimpsest ihrer beider Leben?

Kokoschka zog die Knopfreihe seiner dunkelroten Hausjacke zusammen und betrat sein Atelier. Er knipste das Licht an.

Der große Tisch am Fenster war überfüllt mit Skizzen von Katzen und Kaninchen. Er würde sie brauchen können, diese wieseligen, flauschigen und schutzbedürftigen, kleinen Freiheitshelden. Ihnen fühlte er sich verbunden. Als Kind durfte er sie bei den Großeltern auf dem Land füttern und streicheln. Mal hatte Moorle, das Langohr, ihn gebissen, und er hatte seine Tränen heruntergeschluckt. Er spürte den Schmerz noch immer im Handballen.

Auf der Staffelei war der neue große Rahmen gespannt. Er würde Alma morgen skizzieren, vielleicht sogar mit der Grundierung beginnen. Blau, ja, blau müsste er auf jeden Fall nehmen. Eher Kobalt? Oder eher Violettblau? Auch grün müsste er grundieren.

Nun, Alma würde es ihm schon sagen. So wie immer. Alma weckte in ihm die Kraft, die Fantasie, die Leidenschaft, den Mut, den er in sich trug und den sie herauskitzelte. Kokoschka musste bei dem Wort „kitzeln", „herauskitzeln" schmunzeln.

Frau Svoboda, die Bedienung, hatte auf dem Biedermeiertischchen mit den zwei zierlichen Kirschholzstühlen eine Platte mit geräuchertem Lachs, Austern und Muscheln gestellt. Alma war verrückt nach solchen Delikatessen, er dagegen machte sich nichts daraus, liebte es aber, sie beim lustvollen Verspeisen zu beobachten. Kokoschka nahm Platz, starrte auf die weiße Leinwand und schob die Lachsscheiben in den Mund.

Wieso hatte Alma ihm das angetan? Ihr Haus am Semmering, das sie mit den Tantiemen von Mahler finanziert hatte, hatten sie gemeinsam eingerichtet. Über dem Kamin hatte er ein riesiges Fresko gemalt, das ihr doch gezeigt haben müsste, was sie ihm bedeutete.

Seine Läuterung als Mann durch die Frau, durch sie, seine Almili!

Auf den Bild führte sie ihn, der von Tod und Schlangen umlagert war, aus dem Höllenfeuer, das gleichsam eine Fortsetzung des realen Feuers im Kamin sein sollte, nach oben ins Licht.

Die Geliebte als Gretchen, als Beatrice, als Laura, als Muse und Erlöserin, der er Jahre intensivster Schaffenskraft und männlichen Glücks verdankte.

„Du bist mein Feuer, aber ich darf nicht vergessen, dass ich auch verkohlen kann, wenn ich nicht im Mittelpunkt deiner läuternden, von dir nie zu regelnden Kraft liege, wie ein Stein, der veredelt werden soll, sondern an deiner Peripherie mich nicht nur erwärme, sondern dort rasten will lange Zeit. Da gibt es Rauch und Versengung und keine kristallisierende Liebe." So hatte er ihr im Juni 1914 geschrieben.

Kokoschka sackte auf dem Stuhl zusammen. „Rauch, Versengung und keine kristallisierende Liebe."

Er sah das Bild genau vor sich, das er damals nach dem „Eingriff", wie Alma es nannte, gemalt hatte. In seiner Fantasie erschien sein nackter Babysohn, hinter dem verkohlten Baumstamm hervorlugend. Sein totes Kind.

Die Katzenfrau Alma und er, das hilflose Kaninchen. „Stillleben mit Putto.“, hatten sie es genannt. Kokoschka schlug die Hände vors Gesicht.

Von Ferne hörte er den Klang der Glocken der Frauenkirche. Er war nicht mehr in Wien. Er war in Dresden, und Alma längst die Frau von Gropius.

Kokoschka erhob sich schwer und schlurfte langsam durch sein Atelier, zurück in den Salon.

Wie würde sie heute aussehen, seine Alma, seine Almili, sein Engelsweib? Hier vor ihm, hier in seiner Nähe?

Die Moos hatte ja alle Anleitungen von ihm bekommen, zwölf Briefe hatte er ihr nach München in die Kunigundenstraße geschrieben. Ganz lebensnah sollte seine Alma werden. Zum Anfassen echt. Deshalb schickte er ihr eine fast zwei Meter hohe Ölskizze seiner nackten, üppigen Schönen. In das gemalte Fleisch hatte er seinen Spachtel getrieben und große Wellenbewegung der Haut entstehen lassen. Almas Raubtierblick unter den langen, gelockten Haaren musste die Moos unbedingt treffen.

Seine Pinselstriche kneteten das Fleisch auf der Leinwand, und den Körper seiner Göttin umrahmte er mit einer goldenen Aura. Seine Königin erstrahlte.

Wie im Leben musste dieses Frauenzimmer mit den gewölbten Hüften, dem prallen Venushügel und den kleinen Brüsten, deren Brustwarzen steil nach oben standen, wenigstens als Fetisch wieder zu ihm zurückkommen.

Und die Zeichnungen, die vielen genauen Skizzen, die von ihr gemacht und nach München geschickt worden waren.

Was hatte er der Hermine Moos in den Briefen nicht alles beschrieben und anvertraut?! Ja, Almas intimste Reize hatte er ihr genau geschildert.

„Die Kurve des Bauches, die nervige Festigkeit der Haut, das golden schimmernde Kastanienrot ihres rückenlangen Haares“ und die „Stellung der Brustwarzen und die vollkommenen und üppig ausgeführten parties honteuse“ und ach – Kokoschka seufzte auf – „die pfirsichähnliche Weiberhaut!“

Kokoschkas Hausjacke hatte sich geöffnet, die Kordelschnur schleifte auf dem Parkettboden.

Seine Hand umfasste die linke Brustwarze. Er rieb und drehte sie in seinen Fingern. Lust und Schmerz ließen ihn aufstöhnen. Almas Hand. Er spürte Almas Hand. Seinen Engel höchster Lust.

Er öffnete die Augen und vor ihm stand die riesige Kiste aus Holz. Verschnürt und zugenagelt. Die Puppenmacherin würde ihr bestes vollbracht haben. Hermine Moos in München war eine Berühmtheit.

Jetzt fühlte er sich nicht fähig, die Kiste zu öffnen. Morgen, ja morgen, wollte er seine Alma liebevoll herausheben und endlich in den Arm nehmen. Er wollte sie malen, malen und natürlich leben mit seiner Traumfrau.

Wo hatte er nur die Opernkarten hingelegt?! Und seinen Frack musste die Svoboda noch aus der Reinigung holen!

Nu de la mer

Aktfotografien von Lucien Clergue

Nackt im Meer
die Frau
Wellengeschrei
Sog
Salz und Perlmutt
auf der Haut
Sonnen brechen
Die Gischt blutet
mütterlich geborgen
vor dem Paradies
Geheimnisvolle Wiege
aus dem Zorn der Woge
aus der Lust am Fleisch
die Brüste der Frau
geworden
unter dir

Neben dir
der tote Fisch
Abtrieb im Meer
Vogelkadaver
Irrwische auf Sand
Die Woge
der Brüste
zerbrechliche Spitzen
schäumt
leckt sie von Kopf
bis Fuß
Der Schenkel
der Frau
bricht die Flut
Erschaffen
die Welt
mit dir

Süßer die Glocken nie klingen

Schiebe ich meine Erinnerung wie eine Schubkarre vor mir her oder schiebt die Schubkarre mich? Ich weiß es nicht, weiß nur, dass diese Erinnerung zu jeder Weihnacht vor meinem inneren Auge auftaucht – mit allen Gefühlen, Gerüchen, Geräuschen.

Die drei Kinder vor dem leuchtenden Weihnachtsbaum. Meine Frau hat ihn dieses Jahr als bäuerlichen Prachtbaum geschmückt: gläserne Kugeln, Strohsterne, echte rote Äpfel, bunte Baiserkringel vom Bäcker und selbstgebackene Figuren aus Lebkuchenteig.

Filippa, die Achtjährige, liest aus ihrer Kinderbibel die Weihnachtsgeschichte vor, langsam und schleppend.

Ich spüre eine kurze Ergriffenheit und gleichzeitig breitet sich in mir eine ganz persönliche Erwartung aus, eine Erwartung auf ein Wort, das für mich die Initiation einer besonderen Erinnerung auslösen wird, die mich in meine Kindheit zurückversetzt. Mein Herz beginnt zu klopfen.

Nachdem wir schon drei Weihnachtslieder mit Blockflötenbegleitung von Timo hinter uns gebracht haben, steigert sich die Beklemmung, als Irma, die Älteste, laut in den Raum ruft:

„Jetzt wollen wir aber noch ‚Süßer die Glocken nie klingen' singen."

Bevor das Lied mit unseren fünf Stimmen den Raum erfüllt, spüre ich schon die Gänsehaut; die Zunge sucht Halt am Oberkiefer und vor meinen Augen beginnen

Strohsterne, Kugeln, Äpfel und Gebäck zu tanzen. Wo ist ein Stuhl? Ein Glas Wasser? In mir öffnet sich ein Kopftheater.

Tante Minchen begrüßt meine Schwester und mich in rheinischem Singsang, so wie jedes Jahr.

„Da seid ihr ja, mine Pänz. Kommt rin! O, de Schuh treckt bitte us!"

Wir folgen brav und Tante Minchen fährt fort:

„Wie jroß ihr jeworden seid. Dat Fränzchen und dat Trudi – zum Knutsche!"

Ganz nah zieht die Tante meine Zwillingsschwester und mich an ihre Kittelschürze. Der bekannte und übers Jahr vergessene Körpergeruch. Frisch gesägtes Holz mit kräftigem 4711 Kölsch Parfüm. Mir schwindelt.

Jede Herbstferien verbringen wir bei Tante Minchen in Münstereifel. Die Eltern müssen sich fit machen, bevor in der Bäckerei der Ansturm zu Advent, Sankt Martin, Nikolaus und Weihnachten losgeht.

Sie erholen sich auf Mallorca. „Da werden wir in Luxus jewickelt", lächelt Vater, wenn er unsere Tasche in der Diele seiner Schwester abstellt. Bevor Vater abfährt, sitzen wir auf der Eckbank in der Küche und essen Mutzen und trinken Kaba dazu. Mutzen gibt es sonst nur zu Karneval.

Süßer die Glocken nie klingen
Als zu der Weihnachtszeit:
's ist, als ob Engelein singen
Wieder von Frieden und Freud'

Während die Familie singt, trinke ich eilig ein Glas Wasser und schnäuze mir lange und nicht zu laut die Nase.

Meine Erinnerung springt in das Zimmer, in dem wir mit der Tante schlafen, in dem hochbeinigen, großen

Ehebett, das Minchen mit ihrem Gottfried bis zu seinem Tod geteilt hat.

Trudi und ich schlafen nun auf Onkels Seite und die Tante auf der ihren.

Brav putzen wir uns vor dem Zubettgehen im Badezimmer die Zähne und schlüpfen kichernd in unsere Schlafanzüge. Der raue Flanell kratzt, ich zerre an meiner Jacke. Schnell drücke ich die Schlafzimmertür auf, weil Trudi mich schubst und voranschiebt.

Da steht Tante Minchen. Zwei Köpfe größer als ich. Vor mir. Nackt. Und an ihrem Körper, in meiner Augenhöhe, hängen zwei riesige, weiße Glocken, Fleischglocken.

Ich bleibe stehen und starre sie an.

„Jung, wat glotzte denn so?"

Tante Minchen dreht sich ein wenig von mir weg, und die Glocken schaukeln hin und her. Meine Augen kleben an den schwingenden Brüsten. Sie beugt sich über ihr großes Kopfkissen, um die Daunen aufzuschütteln, und ihre Glocken berühren das Polster und stehen nicht still.

Fleischglocken, dröhnt es in meinem Kopf.

Jetzt legt die Tante einen glänzenden, doppelten Stoffbeutel über die Stuhllehne neben ihrem Bett. Das müsste ihr Büstenhalter sein. Ich schaue hin und will doch nichts sehen.

Ich krieche ins Bett neben meine Schwester. Über mir an der Wand das große Madonnenbild. Dort suche ich Halt. Die bunt gekleidete Muttergottes und auf dem Arm das pummelige Jesuskind. Die Fleischglocken taumeln in meinem Kopf.

Ich drehe mich zu meiner Schwester und presse die Augen fest zu. Wie die schon schlafen kann? Ihr ruhiges Atmen trägt auch mich langsam in den Schlaf.

Am nächsten Morgen luge ich beim Aufwachen unter meiner Bettdecke hervor und beobachte mit neugierigem Blick, wie die Tante ihre beiden großen Glocken in den rosafarbenen Büstenhalter hebt. Ihre Hände greifen unter die Wucht der Masse und schieben sie in das Behältnis. Dabei wackelt Tante Minchen schlangenförmig mit ihrem Körper.

Alle aufjauchzen mit Einem Gesang
Glocken mit heiligem Klang

Meine Schwester schläft noch ruhig neben mir.

Mit den weißen Glocken von Tante Minchen fühle ich mich restlos allein. Ich taumele durch den Tag, und nachts glaube ich manchmal unter ihnen zu ersticken.

Klinget mit lieblichem Schalle
Über die Meere noch weit,
dass sich erfreuen doch alle

Der Schock sitzt tief, bis heute.

Die letzte Szene mit Tante Minchens Glocken steigt in mir auf. Bei einem Besuch als Student in meinem Elternhaus hörte ich die Mutter dem Vater erzählen:

„Minchens neues Altersheim ist viel freundlicher als das in Sankt Augustin. Die Schwester hat Minchen morgens beim Aufstehen sehr nett geholfen." Einen Augenblick schwieg die Mutter, als wüsste sie nicht, ob sie weitersprechen sollte. „Sie hat dem Minchen ihren dünnen Busen aufgewickelt und in den BH gesteckt!"

Peinlich berührt und verlegen lachte mein Vater auf. Mich ließ dieses Bild der alten Tante erstarren.

„Nie wieder Glocken", beschloss ich.

Ich sehe zu meiner Frau hinüber, die die letzten Töne verschluckt hat. Ihr schmaler, knabenhafter Körper dreht sich zu mir und auf Zehenspitzen flüstert sie mir ins Ohr: „Das nächste Jahr lassen wir bitte ‚Süßer die Glocken' aus ... du hast wieder so gottserbärmlich falsch gesungen!"

Die Venus von Willendorf

Sie waren damals mit der Klasse von Wien in die Wachau geradelt. Parallel zur Donau schlängelte sich der Radweg durch die Landschaft. Geschichtsträchtige Burgen, Klöster, fruchtbare Weinterrassen und Obstgärten säumten ihren Weg. Marillenduft durchzog die Luft. Sie schwitzten. Trinkflaschen hingen vor ihnen am Lenker. Mit Strohhalm, wie bei den Profis. Heurigenlokale wurden aus den Augenwinkeln wahrgenommen, denn offiziell durfte kein Alkohol getrunken werden auf der Tour. Zur Jause stillten Cola und Almdudler den Durst.

Stefan trat in seine Pedale. Er sah das Pflaster unter sich vorbeigleiten, spürte die Wärme der Sonne auf seinem Rücken und am Hinterkopf. Das rote Schirmkäppi ersetzte die Sonnenbrille.

„Scheißtour. Nur wegen der bin ich mitgefahren, hätte mich mein Alter doch krankschreiben können."

Stefan drehte sich um und sah Franka nicht. „Na klar, die hängt dem Sigmund sicher am Hinterrad!"

Stefan überholte die drei Fahrer vor sich und entdeckte Franka an der Spitze der Radkolonne. „Heiliger, wie sich ihr kleiner Hintern auf dem Sattel dreht."

Stefan streckte seinen Hals und kniff die Augen zusammen. Er blieb in Sichtweite zu Franka und hielt doch Abstand. Die ratschte mit Annette, die neben ihr fuhr, und wenn sich ihr Kopf zu der Freundin drehte, trat ihre große, gebogene Nase aus dem Profil wie der Schnabel eines Raubvogels hervor.

„Irre, die wilden Locken, einfach irre."

Stefan rutschte auf dem Sattel nach vorne. Frankas braune Haare glänzten in der Augustsonne. Plötzlich wedelte ihr Geschichtslehrer Dr. Sigmund, der voranfuhr, mit seiner rechten Hand in der Luft und verlangsamte das Tempo. Am Straßenrand stand Willendorf auf dem Ortsschild.

Die Route und die Rastplätze hatte Sigmund schon vor Wochen herausgesucht. Die Klasse musste jetzt auf einer Wiese bei Willendorf lagern, ohne in das verlockende Lokal zu gehen, das Stefan mit seinem Vater letzten Sommer zu Geselchtem mit Kraut und Knödel und Heurigem besucht hatte.

„Beim Schulausflug gibt es belegte Brote aus dem Rucksack und einen Müsliriegel zum Dessert. So ist das immer bei Schulausflügen, auch heute", hatte Sigmund schon vor der Abfahrt in Wien laut verkündet. Na klar, als Altachtundsechziger muss der uns vorführen, was wir für Luxusdeppen sind.

Frankas Stimme war laut zu hören. Zumindest Stefan hörte sie Wort für Wort.

„In welcher Zeit ist diese Landschaft eigentlich entstanden, Herr Professor?" Stefan hörte bei Sigmunds Antwort nicht hin.

„Wie hoch stand denn der Wasserpegel bei dem schlimmen Hochwasser vor zwei Jahren?" Stefan hörte bei Sigmunds Antwort nicht hin.

Und ganz bedeutungsschwanger wieder Franka: „Im Internet hab ich gelesen, dass hier in der Gegend die älteste Figur einer Muttergöttin gefunden wurde."

Bei der letzten Frage richtete sich Herr Sigmund mit seinem kleinen gedrungenen Körper auf und grinste erst Franka, dann die Runde seiner Schüler an. Als die sich kaum interessiert zeigte, folgten seine drohenden Sätze: „Das müsst ihr euch für eure Matura genau merken!"

Es war, als hätte Franka, seine Lieblingsschülerin, dem Lehrer den perfekten, pädagogischen Einstieg für sein Geschichtsthema geboten.

„Wir werden sie heute sehen. Das Original sehen. An dem Ort sehen, wo sie 1908 gefunden wurde!“

Pause. „Und worum geht's?“, fragte Bobby mit vollem Mund.

Sigmund erklärte: „Die Venus von Willendorf ...!“

„Das ist ja wenigstens was, eine Venus gibt's doch sonst nur im alten Griechenland“, unterbrach Tim den Lehrer.

Alle lachten. Nur Franka lachte nicht. Stefan beobachtete sie, wie sie aufsprang und eine Körperhaltung wie Jeanne d'Arc auf dem Schlachtfeld einnahm.

„Das kann ja was werden.“

Stefan sah Frankas Beine sich gegen den tiefblauen Himmel abzeichnen.

Franka legte los: „Die Venus ist 25.000 Jahre alt, ihr Banausen! Stellt euch das mal vor. Vor 25.000 Jahren hatten die schon eine Venus und hier, hier bei uns in Österreich.“

„Komm mal runter, Frau Professor!“, rief Bobby und trank von seiner Cola.

Franka sprach begeistert weiter: „Beim Bau der Donauuferbahn 1908 hat ein italienischer Arbeiter sie zufällig gefunden. Kein Archäologe!“

„Und wo ist die jetzt, die Steinzeitschöne?“, rief Annette.

„Die Venus von Willendorf steht im Naturhistorischen Museum in Wien und nur noch heute können wir sie an ihrem Ursprungsort in Willendorf besichtigen!“, erwiderte Dr. Sigmund.

„Ach, deshalb sind hier so viele Leute“, kam es murrend aus den hinteren Reihen.

„Ich habe uns angemeldet und in fünfzehn Minuten brechen wir zum Museum auf!"

Sigmund klatschte in die Hände.

Stefans Stimmung hielt sich in Grenzen. Seit Frankas Auftritt begann er sich zu fragen, ob sie ihm wirklich so gut gefiel. Nun, von einer schönen großen Frauenstatue könnte er sich vielleicht auch so begeistern lassen wie sie. Dass Franka schön und so „g'scheit" war, fand er irgendwie cool.

In der Menschenschlange vor dem Eingang des „Venusium Willendorf" stand Franka plötzlich neben ihm. Und Stefan tauchte in ihre braunen Augen und vergaß zu reden. Ihr war die Sprache nicht weggeblieben. Sie berührte seine Hand und sagte, indem sie sie einen Augenblick betrachtete:

„Hab nie gesehen, dass du Musiker-Hände hast!"

Stefan starrte auf seine kraftvollen schmalen Hände und ihm war, als hätte Franka ihm ein Angebot für eine gemeinsame Nacht gemacht. Er schwebte ins Museum.

Wo war sie, die österreichische Venus? Das Bild der Venus von Milo, Nicole Kidmans und besonders Frankas braune Augen vermischten sich und schwirrten in seinem Kopf.

Und da stand die Venus von Willendorf, hinter Glas, eine winzige, fingergroße Steinfigur. Extrem fettleibig und so hässlich, dass Stefan erstarrte. Unter dem gesichtslosen Kugelkopf wölbten sich zwei riesige Brüste.

Einen Augenblick wehte der Busen der Kidman in seine Fantasie, bis ihn die abstoßende Hässlichkeit und gleichzeitig die Kraft dieser Frauenfigur in den Bann schlug. Ihr Bauch hing als Fettlappen über dem weiblichen Geschlecht. Ekel stieg in Stefan hoch. Im Hintergrund hörte er das johlende Gelächter von Bobby und Tim.

„Was hat Franka nur mit dieser Figur? Was hat sie mit der zu tun, so begeistert über sie zu reden?“ ... Was hatte Franka eigentlich für einen Busen? Stefan machte dem nächsten Betrachter der archaischen Figurine Platz und stand fast hilflos in der Mitte des Museums.

Dr. Sigmund war umringt von seinen Schülern. „Diese prähistorische Figur drückt Fruchtbarkeit und Wohlstand aus. Ihr breiter Bauch und die übergroßen Brüste sollen matriarchale Göttlichkeit symbolisieren. Eine Urmutter also!“ Sigmund räusperte sich. „Wir alle stammen von der Mutter ab, egal ob Mann oder Frau. Venus heißt ursprünglich Scham! Ihr wisst ja, vor dem Patriarchat herrschte das Matriarchat ... von dem gibt es nur wenige historische Zeugnisse. Umso wichtiger ist dieses hier!“

Sigmund sah in die Runde und bemerkte, dass nur die Mädchen der Klasse ihm folgten. Mit etwas zu lauter, verlegener Stimme fügte er hinzu: „Nun ja, unser Schönheitsideal ist das natürlich nicht.“

Als Stefan sich umdrehte, sah er Franka vor der Figurine stehen. Ganz nah am Glas mit hängenden Schultern. Was sie jetzt wohl dachte? Das hätte er gerne gewusst.

In diesem Moment drehte sich Franka zu ihm um – er sah es genau – und warf ihm einen so ernsten Blick zu, dass er seinen Brustkorb eng werden fühlte. Schnell verließ er das Museum und wartete draußen in der Sonne. Was war los mit ihm?

Die Nacht hatten sie in der Jugendherberge verbracht und um neun Uhr morgens nach dem Frühstück bepackten sie ihre Räder.

Stefan freute sich, dass es nun wieder zurück nach Wien ging, und plante, am Abend seinen Rugbytrainer Heinz anzurufen und zu fragen, wann er den nächsten Trainingstag festgelegt hatte. Dieses lasche Radfahren ging ihm langsam auf die Nerven. Und Franka? Den gestrigen Blick von ihr hatte er eher als zufällig interpretiert.

Und die Jungs? Die hatten ihn seine Beherrschung gestern Abend fast verlieren lassen. Tommy hatte vor dem Einschlafen plötzlich zu singen begonnen, über diese hässliche Bummerlfigur:

„Dös is a Pupperl aus dem Ösiland,
die hat uns Männer angebrannt
Nudeldicke Dern, die haben wir alle gern ...“

Tim hatte noch ein paar Zeilen weiter gesungen und schließlich rappten die Kerle und machten sich vor lauter Spaß fast in die Hosen.

Nichts wie nach Hause, war Stefans einziger Gedanke, als er die Decke über den Kopf zog.

Bevor es losging, reihte er sich in die Radschlange ein und schloss den Reißverschluss seines leichten Anoraks. Ein Kaugummi, das wär's jetzt. Stefan griff in seine rechte Tasche, wühlte in ihr und traf auf etwas Hartes. Was war das denn? Wo war bloß der Kaugummi? Er zog die Hand aus der Tasche und sah in ihr die Venus von Willendorf.

„Scheiße, was soll das denn? Welcher Arsch hat mir die in die Tasche gesteckt?“

Sein Reifen berührte Tommys hinteres Radblech und der blökte:

„Pass doch auf, du Trottel!“

Stefan steckte die Figur in die Anoraktasche zurück Er glühte vor Wut. Mit Kraft trat er in die Pedale.

Sein erster Gedanke war Franka: Nur die konnte es sein. Eine Replik im Museumsladen zu kaufen und ihm in die Tasche zu schmuggeln! Was sollte das?

Wie ein Stein schlug die Figur gegen seinen Schenkel. Immer wieder. Sollte er sie einfach herausholen und wegschmeißen?

Er drehte sich um, sah seine Klasse und dahinter eine unendliche Fahrradkolonne fremder Ausflügler. Stefan zog an seinem Strohhalm und hörte erst auf, als die Flasche „Almdudler" leer war. Bei der nächsten Pinkelpause entsorg' ich sie. Die kleine, steinerne Frau schlenkerte unentwegt.

Von Ferne durchbohrten Stefans Blicke den Rücken Frankas. Die hatte die Stöpsel ihres iPods in den Ohren und fuhr entspannt in der Schlange. Musik.

Stefan hörte Musik. Eine ganz leise Musik. Er fragte nicht, woher die kam. Sie war plötzlich da, und er hörte ihr zu. Und da waren die Hände seiner Mutter, die neben ihm am Klavier saß und für ihn und Vater spielte. Seine Beine schlenkerten vom Klavierschemel. Seit Mutters Tod stand der Flügel unberührt in Vaters Arbeitszimmer. Darauf das letzte Foto von ihnen. Er war acht Jahre alt und saß auf Mutters Schoß. Liebevoll sah der junge Vater auf seine Familie.

Wie selten er an die Mutter dachte. Vater sprach von Sophie, wenn er von ihr erzählte. Das Wort Mutter oder Mama kam in seinem Leben seit elf Jahren nicht mehr vor. Stefan erschrak. Er erschrak und in seiner Tasche schien die Steinfigur zu glühen. Was war los mit ihm? Bilder drängten sich in seine Fantasie. Am Strand mit Mama eine Burg bauen. Wie Mama mir vor dem Schlafengehen aus dem Dschungelbuch vorliest. Wie Mama hinter mir herläuft und mein erstes Rad festhält, damit ich nicht umkippe. Mamas weicher Busen, wenn ich als kleiner Bub morgens zum Kuscheln in ihr Bett krieche. Und Mamas schmale, kräftige Hände. Stefan sah, wie seine Hände den Lenker umspannten. Mamas Hände.

Stefan hätte jetzt gerne geweint. Nach langer Zeit einmal wieder geweint, weil er seine Mutter so früh verloren hatte, weil Vater sich seitdem noch mehr in seine Klinikarbeit verkrochen hatte, weil die Frau Schmidt ihren Haushalt seit 10 Jahren so perfekt organisierte und weil er das Klavierspiel mit Mamas Tod aufgehört hatte. Rugby?! Was Mama wohl dazu gesagt hätte? Er hörte ihr helles Lachen!

Stefan folgte den prallen, weißen Wolken am Himmel und roch den frischen Duft des Flusses neben seiner Spur. Die kleine Frauenfigur in seiner Anoraktasche streifte seinen Schenkel.

Stefan überholte die Schlange der Radfahrer vor ihm und radelte neben Franka. Als sie zu ihm herübersah, nahm er die Venus von Willendorf aus der Tasche und reichte sie der lachenden Franka.

„Bis später", rief Stefan und schloss sich der Spitze der Radkolonne an.

Eine hübsche Frau. Una donna carina

In ihrer achtjährigen Ehe waren auch die Geburtstage nur noch angenehmes Ritual geworden. Dag hatte am Abend zuvor die Geschenke aufgebaut. Ein Strauß gelber Rosen schmückte den Glastisch am Fenster. Zwei Sektgläser standen bereit. Die Zwillinge schliefen noch; der Kindergarten begann erst um neun Uhr.

Greta stand im langen, seidenen Bademantel neben ihrem Mann. Ihre blonden Haare hatte sie mit Kämmen hochgesteckt, sie fühlte sich schön und irgendwie auch stolz. Sie, die aus dem kleinen Kaff aus dem Norden kam und sich diesen Mann und diese Welt erobert hatte. Dag legte seinen Arm um sie.

„Liebling, pack schon aus! Ich will noch mit dir anstoßen. Bogdan hat sich um zehn in der Kanzlei angemeldet. Der wichtigste Klient zurzeit."

Greta blätterte die Geburtstagspost durch und legte sie lächelnd wieder auf den Tisch.

Sie griff nach dem Einpackpapier ihrer Buchhandlung und wickelte die Bücher aus. Der neue Krimi von Wolf Haas, den hatte sie sich gewünscht, und das letzte Buch von Stieg Larsson. Die drei Schächtelchen in glänzendem, festem Papier verbargen Parfum, Duschbad und Körperlotion ihrer Marke.

„Und was ist das?" Sie schaute Dag mit hochgezogenen Augenbrauen an, nahm das briefbogengroße Päckchen und tastete es ab.

„Ein Bildband über Rom?", murmelte sie leise.

Dorthin wollte sie im Herbst mit ihren Freundinnen reisen. Vor ihrer Ehe hatte sie nichts von der Welt gesehen. Nie war Geld in der Kasse. Die Mutter und sie schufteten in der kleinen Bäckerei in Klitmoeller.

Greta riss eilig das dunkelblaue Papier auf und hielt ein in Mahagoni gerahmtes Bild in den Händen. Sie starrte auf das Bild und umklammerte den Rahmen. Schweigend.

„Na, was sagst du?", rief Dag. „Da staunst du, was?!"

Greta sah vor sich die Rötelzeichnung einer unbekleideten Frau im Halbprofil. Ihre Schultern schmal und sehr zart und im Ansatz der winzige Busen. Ihr winziger Busen. Der Rahmen schien ihn verbergen zu wollen.

„Was sagst du?", drängte Dag und zeigte auf den nackten Frauenkörper.

Greta stockte der Atem. Sie fing sich bemüht und antwortete ein wenig zu kühl:

„Interessant ... Ist das Rötel? ... Gut gezeichnet", fügte sie hinzu, und dann sprach sie sehr schnell: „Wo hast du es eigentlich her?"

„Ja, siehst du denn nicht, es ist, als seiest du das Modell des Malers gewesen?"

Greta lächelte mit breit gezogenen Lippen.

Dags Stimme klang enttäuscht, denn er hatte mit einer anderen Reaktion gerechnet. Endlich einmal würde er es schaffen, dass sie Gefühle zeigte!

„Die Ähnlichkeit ist doch frappierend", fuhr er etwas verunsichert fort, „sogar Herr Bergson vom Versteigerungshaus hat gesagt, die auf dem Bild sieht ja wie Ihre Frau aus!"

„Da hast du es her, vom Bergson?", fragte Greta nun gefasst.

„Ja, im Abverkauf nach der Versteigerung vom Mai hab ich es neulich zufällig entdeckt."

„Originell, wirklich, sehr originell", antwortete Greta. Sie sah Dag nicht an, setzte eine fröhliche Stimme auf und legte gelassen ihr Portrait auf den Glastisch: „Jetzt möchte ich aber einen Schluck trinken!"

Dags Schritte auf dem Holzboden klangen hart, als bohrten sich seine Absätze zornig in das helle Parkett. Er riss die Tür des Kühlschranks auf und suchte den Champagner. Es war der dritte Sommer, in dem Greta sich eine Woche von der Familie frei nehmen wollte. Vor zwei Jahren war es ein Malkurs in Siena gewesen, dann eine Töpferwerkstatt in Padua und in diesem Jahr wollte sie einen Italienischkurs in Capalbio besuchen.

Gretas Mutter kam aus Klitmoeller nach Kopenhagen gereist und betreute während der Abwesenheit der Tochter die Kinder und den Schwiegersohn. Sie bemühte sich sehr, denn diese Welt der Tochter irritierte sie immer noch.

„Meine Greta, mein Mädchen, die hat's geschafft", war ihr letzter Gedanke vor dem Einschlafen unter der feinen Sommerdecke.

„Wie gut dir diese Zeit doch immer tut", wurde Greta jedes Mal von Mann und Mutter nach ihren Solo-Ferien empfangen.

Greta strahlte bei der Rückkehr und verteilte die üppigen Geschenke, die sie aus Italien mitgebracht hatte.

Im August reiste Greta nach Capalbio. Zu Michele. Michele lenkte seinen Wagen durch die hügelige, toskanische Landschaft, als kenne er jede Kurve und das entgegenkommende Auto, dem es auszuweichen galt. Gretas große Sonnenbrille versteckte auch ihre weiß-blonden Augenbrauen und die feinen Wangenknochen. Ihr Mund stand leicht offen. Ihre Haare waren mit einem bunten Baumwollschal umwickelt. Michele summte eine Melodie vor sich hin, und Greta legte ihre Hand auf seinen Oberschenkel. Michele sah sie kurz an.

Die Sonnenblumenfelder leuchteten aus dem Grau und Braun der Erde. In der Ferne brannte hier und da ein Feld.

„Das zünden die Bauern selbst an, die Asche gibt besten Dünger." Michele lachte.

„Und die nahen Häuser?", fragte Greta.

„Das haben die Leute im Griff. Und bei Flächenbränden schüttet das Militär aus seinen Flugzeugen einen Ersatzregen vom Himmel."

Greta lehnte sich entspannt zurück. Michele erreichte über die Landstraße die Höhe. Seine Augen hielten immer das Ganze im Blick. Er entschied sich schnell, bremste und steuerte in einen versteckten Seitenweg. Der Wagen hoppelte durch die trockene Fahrrinne, bis er an einer Gruppe von drei Pinien hielt, die umgeben war von Macchia.

„Hier ist es ideal", rief er vergnügt aus und sprang aus seinem Sportwagen.

Greta reckte sich neben dem Auto, blickte in die sanfte Weite und atmete tief durch. Endlich Erholung von ihrem langweiligen Leben. Michele umarmte sie von hinten und biss ihr zärtlich ins Ohrläppchen. Sie zog die Schultern hoch und kicherte. Schnell waren Gretas Decke, der Picknickkorb und die Malutensilien hinter den Autositzen hervorgeholt und Micheles Malerstühlchen zusammengesteckt.

Greta legte sich unter eine der Pinien und beobachtete, wie Michele seinen Zeichenblock öffnete, einen Bleistift aus der Blechdose nahm und die Landschaft betrachtete. Motivsuche.

Micheles Konzentration trennte ihn von ihr, was ihr Zeit gab, sich entspannt auf der Decke auszustrecken und sich in das Nadelgrün über ihr zu versenken. Mit Michele fühlte sie die Freiheit und die Leichtigkeit, die ihr das bürgerliche Leben mit Dag und den Kindern nicht ließ.

Der Duft der Nadeln am Boden war das Letzte, was sie wahrnahm, bevor sie einschlief. Sie hatte das T-Shirt ausgezogen und unter ihrem Kopf zusammengeknüllt. Ihr nackter Oberkörper genoss die Wärme.

Greta wachte aus einem traumlosen Schlaf auf, als sie sich beobachtet fühlte. Michele saß neben ihr auf seinem Stühlchen und zeichnete sie. Er schaute ernst und sachlich. Schon wieder malte er sie! Sie erschrak tief. Ihr Magen zog sich zusammen, und ihr Atem stockte. Sie spürte, wie sie zu trudeln begann, ihre ganze Existenz den Boden verlor. Von fern hörte sie Micheles Stimme, sein Lachen verzerrt.

Vor ihrem inneren Auge erschien die Rötelzeichnung in Dags Händen. Ihr Gesicht, die Schultern, der Busenansatz, gezeichnet von ihrem Liebhaber.

Dags Augen, als er die Flasche öffnete. So aggressiv, wie er den Stöpsel herauszog und fluchte. Sein Gesicht war blass geworden. Höchste Gefahr für sie und ihre Ehe lag in der Luft. Schöpfte Dag etwa Verdacht? Lief sie Gefahr, ihr gutes Leben zu verlieren?

Greta schrie auf: „Nein! Lass das, Michele! Verdammt noch mal, ich will das nicht! Nie mehr!“

Hysterisch überschlug sich ihre Stimme. Auf den Knien robbte sie auf Michele zu und riss ihm den Zeichenblock aus den Händen.

„Was soll das, Greta?! Bist du verrückt?! Ich zeichne dich doch bloß!“

Greta zitterte am ganzen Körper und zog sich das T-Shirt über, ohne Michele anzuschauen. Ihre kleinen Brüste waren steinhart geworden und die Brustwarzen zeichneten sich wie Nadeln unter dem Stoff ab. Sie fühlte Angst in sich aufsteigen.

Sie sprang auf und fuhr mit harter Stimme Michele an: „Fahr mich sofort ins Hotel! Ich will sofort los! Sofort!"

Michele starrte sie hilflos an. Schüttelte verständnislos den Kopf.

Greta verlangte den Autoschlüssel derart bestimmt, dass Michele ihn ihr sofort gab. Sie sprachen bei der Fahrt kein Wort, und Greta chauffierte den Wagen mit höchster Konzentration. Auf ihrer Stirn bildeten sich kleine Schweißperlen. Michele klammerte sich an den Griff der Autotür.

Plötzlich fragte Greta: „Signierst du eigentlich alle deine Bilder, auch die Zeichnungen?"

Michele schien, als hätte Greta sich wieder etwas beruhigt.

„Ja! Ich signiere alles, was ich male oder zeichne. Als ich damals den kleinen Sohn von Agnelli gezeichnet habe – meine Mutter war Kinderfrau bei ihm – hatte ich es vergessen!"

„Und dann, was geschah dann?"

„Mein Honorar ein Gnadenbrot. Sonst nichts."

„Der Fiatboss Agnelli?"

„Dem Clan der Agnellis gehört hier alles. Auch der Grund vom Tarotgarten, wo wir gestern waren, Nikis Skulpturengarten!"

Michele hoffte, er könnte Greta ablenken. Ihr Fahrtempo erschreckte ihn.

„Die Eisenplastiken von Tinguely sind besser. Niki zeigt mir zu viel Frau!", antwortete Greta in hartem Ton. Michele musste lächeln und verbot sich, zu antworten. Sie nur nicht reizen, dachte er bei sich. Und dann fragte er doch:

„Wohin fährst du eigentlich? Wir wollen doch nach Capalbio! Ins Hotel?!"

Greta schwieg. Ihr Tuch um den Kopf hatte sich gelöst und flatterte in einer wilden, siegessicheren Geste im Fahrtwind.

Seit ihrem Start fixierte Greta das riesige Feuer hinter dem Hang des Tarotgartens von Niki de Saint Phalle und Jean Tinguely. Der blitzte mit seinen goldenen und farbigen Kuppen wie eine Theaterkulisse vor dem Inferno in der Natur.

Einer Hölle, die sich vor ihren Augen in der Landschaft immer breiter machte und in Richtung Himmel sich erhob. Die Landschaft verbrannte unter den Flammen ins Nichts.

Wie ein Magnet zog es Greta zu diesem Feuer. Sie steuerte Hügel um Hügel an, auf und ab raste sie, ohne den Fuß vom Gas zu nehmen. Immer auf die Feuerstelle zu. Man roch längst die Schwaden.

Michele starrte auf die Straße vor sich. Er war nicht fähig zu sprechen oder etwas zu tun. Seine Hand krallte den Türgriff, spürte, wie er zu glühen begann. Er glaubte in einem Alptraum zu stecken.

In der Nähe des brennenden Feldes lenkte Greta den Wagen von der Straße, durchquerte über Ackerfurchen und Wiesenstoppeln die Rauchschwaden, die der Feuersbrunst vorantrieben. Fixierte ihr Ziel. Vor dem Inferno sprang sie aus dem fahrenden Auto, das in die Hölle raste und vor ihr in Flammen aufging und schließlich explodierte.

Diagnose Brustkrebs: Drei innere Monologe

Ich will leben! Emilys Monolog

Mammografie hab den termin immer wieder aufgeschoben das ziehen im busen ist halt eine zyste wie immer das wartezimmer stickig der neue radiologe so jung seine braunen augen sehen mich ernst an immer wieder sein blick auf das röntgenblatt immer wieder warum schaut er so lange alles okay frage ich schüchtern er schaut hält die aufnahme meiner linken brust gegen das licht leider nein sagt er leider nein sie sind meine erste patientin und nun muss ich ihnen das sagen es ist ein tumor ich bin sicher es tut mir so leid das kann nicht sein das kann nicht sein bei uns hat keiner brustkrebs in der familie und hormone hab ich nur ganz kurz genommen mir schwindelt und der arzt rutscht weit weg wenn ich langsam aufstehe ist um mich eine glocke aus weichem glas die trennt mich von allem um mich ich weiß nicht wie ich aus der praxis herauskomme laufe durch die stadt das große röntgenbild in der braunen tüte halte ich fest wie geht es nun weiter ich muss helmut anrufen nein ich werds ihm heute abend sagen sitze auf der bank im englischen garten und weine mein herz auf meine knie ich zitter wie espenlaub muss furchtbar aufs klo plötzlich halte meinen bauch warum schaut die alte frau mich so an soll vorbeigehn abhaun ich hab krebs ich hab krebs schreit es in mir aus allen poren dieser schmerz ich hab krebs ihr alle hier im englischen garten warum ich und nicht ihr ich hab krebs kora schießt mir wie ein pfeil in den sinn die steht doch vorm abitur darf sich nicht aufregen ich muss mich fassen warum ich warum ich hab doch schon genug mitgemacht lief alles so gut mein gott warum ich lege mich zuhause ins bett und weine und weine warte auf helmut warte auf kora ich brauch sie so beide wo bleibt ihr nur bitte kommt kommt ich übergebe mich über dem klo und taumel ins bett zurück wo bist du emily helmuts fröhliche stimme im flur das klappern des schlüsselbundes bis er mich findet bis er mich in den arm nimmt ich hab krebs helmut sein bleiches gesicht sein schweigen sein schweigen dann sagt er du schaffst es ganz sicher du schaffst es ich bin bei dir mein mädchen alles wird gut ganz rau seine stimme und dann sein weinen unser weinen bis kora in der tür steht um gottes willen was ist denn hier los und dann ihre aufgerissenen hellen augen und ihr schrei ihr markerschütternder schrei nein mama du darfst nicht gehn du darfst nicht gehen mama mama immer wieder dieses mama bis ich sie in den arm nehme und auf das bett zurückfalle die tage die nächte die tage die nächte der termin im krankenhaus ein stück krebs muss herausgestanzt werden eine probe für die pathologie für den operateur warte auf dem flur zwischen frauen zwei männer sind zur begleitung dabei keiner schaut sich an warten warten mein name wird gerufen die oberärztin sehr sachlich mir ist so elend ich liege auf dem rücken das instrument schlägt in meine kranke brust einmal zweimal dreimal zur sicherheit sagt die kühle ärztin neben dem tumor sieht sie noch kleine tumoren in drei tagen ist das ergebnis da welcher tag ist heute ich weiß es nicht mehr eine frau weint auf der bank vor der tür ich bin allein bin so allein niemand kann mir helfen helmut helmut nehme ein taxi die brust schmerzt wund arme brust arme emily warum ich wieder ins bett zuhause unter die decke tief unter die decke telefon läuten lassen angst angst wenn ich doch sterben muss nein nicht ins internet gehen und nachlesen mammakarzinom erst alles durchstehn der op-termin in zehn tagen zum gespräch mit dem operateur gehen beide mit kora will unbedingt mit bin ohne kraft ohne entscheidungswillen laufe neben mir her wie im nebel wie ein außerirdischer jemand der sich verloren hat nein in die bank gehe ich nicht mehr krankgeschrieben auf unbestimmte zeit unbestimmtes leben unbestimmter tod schmerz leiden wo geht es mit mir hin helmut spricht liebevoll und kora ist öfter im studio als früher sie soll ein gutes abi machen lernen das kommt wieder mama lacht die kleine bald joggen wir wieder zusammen mama mir ist durchgehend schlecht und immer wieder diese wut diese wut dass es mich erwischt hat karin und oda nur glück im leben haben die noch nie krank gewesen nie sorgen hatten gehen so leicht durchs leben ich armes armes weib so früh schon sterben muss ich vielleicht o gott wenn ich dahinsieche jacques brel ist damals auf eine insel gezogen zum sterben wo soll ich hin hans starb im hospiz gleich an der mauer vom nymphenburgerpark hab ihn damals nicht besucht war zu feig dem tod ins auge zu sehn dem sterbenden freund ins auge zu sehn wenn ich vor mutter sterbe papa hilf mir hol mich noch nicht zu dir ich will leben ich will leben ich hab doch noch so viel vor

Angst!
Monolog der Tochter

Wie klein du ausschaust da im bett deine augen starren mich an wundmale und papa sitzt auf der bettkannte neben dir hält deine hand sein sakko auf die erde geschmissen was ist los was ist los sage ich und bleibe in der schlafzimmertür stehn dann sehe ich dass du weinst dein ganzer körper zittert was ist los mama meine mama das eine wort kommt aus deinem mund krebs ich kann es nicht glauben mama hat krebs ein bösartiger tumor hat die mammografie gezeigt links links ist ja auch das herz mama bist doch immer so fit gewesen und so jung schaust du aus hat marko neulich gesagt als du uns im westpark beim joggen entgegengelaufen bist mama kann sterben hat papa mir dann in der küche gesagt und dabei geweint wir müssen jetzt zusammenhalten hat er gesagt alles für mama tun ist doch klar mama mama du darfst nicht gehen mama meine mama du wirst es schaffen ich weiß es du schaffst das die chemo hast du so tapfer durchgestanden papa hat so mitgeholfen im haushalt ist mit dir rausgefahren wenn es dir wieder besser ging nach den ersten höllentagen dein würgen über dem klo dein kotzen arme mama wie kalt dir immer war die perücke hast du nach einem tag in die schublade geschmissen dein kopf ist so edel geformt und das rosa tuch kannst du binden wie eine Nubierin schön bist du mama so schön so leuchtend schön wie eine prinzessin der doktor hat gesagt ich muss jetzt auch zur mammografie jedes jahr oder zur sono da hast du geweint so geweint hast du und gesagt dass sei deine schuld das hättest du mir angetan mir wird ganz schlecht vor angst vielleicht krieg ich's noch früher und je früher desto schlimmer mama du bist mitte vierzig und wenn's mich schon mit dreißig erwischt mama ich hab angst ich will nicht sterben mein gott bin ich egoistisch das ist doch nur vorsorge wie beim abstrich entschuldige mama jetzt mach ich uns einen obstsalat mit viel mango und papaya die haben viele vitamine und du bist seit neuestem richtig gierig drauf es ist ja schon vier uhr in einer halben stunde kommst du von der bestrahlung will noch mal das schlafzimmer lüften dass du dich ausruhen kannst papa hat so eine leichte cashmere-decke gekauft in die kuschelst du dich wenn du von der bestrahlung kommst immer fährst du allein in die klinik in die strahlenabteilung viele stockwerke tief unter der erde unter der klinik rede in dieser gruft mit niemanden hast du gesagt die schwestern sind freundlich und milu hat dich mit zu der oberärztin begleitet die sie kennt so warst du nicht so allein so hilflos war ich hast du immer wieder gesagt die ärztin hat die opnarbe am busen richtig bewundert da sähe sie gleich wer dich operiert hat man wird mal nichts mehr sehen hat sie gesagt das war dir völlig egal warst noch ganz neben der spur und hast hinter den worten der ärztin gewittert was die wohl meint werd ich überleben sagt sie auch die wahrheit kann mir einfach nicht vorstellen die brust zu verlieren wie tante hedi die hat später immer gesagt sie sei jetzt eine amazone die hätten auch nur eine brust haben sie abgeschnitten um mit dem bogen besser schießen zu können pervers diese mythologie aber vielleicht haben die alten griechen ja auch frauen kraft geben wollen die den busen verloren haben zum glück hast du ja deinen busen behalten mama dein schöner busen bin immer richtig neidisch auf deinen apfelbusen gewesen ich hab eher den von den frauen in papas familie c-körbchen sind eine plage vielleicht rettet mich das jetzt vor dem krebs ist ja alles auch genetisch abhängig sagt der arzt mein gott kann mir gar nicht vorstellen was mama jetzt wirklich durchmacht früher hat sie sich selten in ihr zimmer zurückgezogen und die tür zugemacht schon als kleines mädchen bin ich immer reingelaufen wenn ich wollte und mama hat nicht geschimpft jetzt ist die tür zu und papa und ich wissen du willst allein sein schlimm ist wenn mahler erklingt oder das cellokonzert von schostakowitsch papa geht dann aus dem haus und rennt um den block und mir wird's ganz flau würde am liebsten zu dir rein und dich lieb halten richtig knuddeln und sagen morgen mama morgen wird's schon besser sein und nächstes jahr wenn ich das abi habe fahrn wir zu dritt nach griechenland so wie früher auf den peloponnes dass du in eleusis deine demeter und die anderen statuen und götter besuchen kannst abends dann in der laube wein trinken griechische vorspeisen und dem popen zuschauen wenn er die hohe kopfbedeckung abnimmt vor hitze und die weiße kopfhaut leuchtet seine kinder drumherum und immer freuen sich alle auch du mama wirst wieder lachen und mit konstantinopolos reden du kannst ja griechisch als seiest du dort geboren mein seelenland sagst du immer wie lange war ich nicht mit euch dort jetzt fahr ich wieder mit mama ich versprech's dir die sonne wirst du dann auch wieder vertragen nächstes jahr die papaya ist bisschen weich nehm ich lieber noch eine mango und die äpfel werd morgen wieder zum markt fahren soll ja alles frisch und öko für mama sein papa sieht auch so blass aus ich glaub er hat abgenommen armer papa ob marko sich auch so um mich kümmern würde wenn ich krank würde richtig krank wie mama sicher würde der abhauen wie onkel peter immer wieder erzählt dass männer nach der brust-op schon im krankenhaus abhauen nicht vorzustellen mama allein in dieser situation zu lassen wo bleibt sie denn ist doch schon zehn vor fünf hoffentlich ist ihr nicht schlecht geworden diese hitze heute werd ihr sagen morgen fahr ich dich mama aber du willst dir beweisen dass du's alleine schaffst kann ich ja auch verstehen meine mama so lieb wie jetzt hatte ich dich noch nie würd gerne jetzt schon ganz erwachsen sein sorgst dich immer um mich dass ich mich nicht so aufrege über deinen krebs dass ich ein gutes abi mache dein leben hast du noch vor dir du sollst doch studieren was du magst du musstest ja dein studium abbrechen bist bankkauffrau geworden eigentlich nichts für dich hast aber papa da kennengelernt und das war dein glück sagst du immer wie zum trost wie gut es mir mit dir geht mama bist meine beste mama der welt wo bleibst du bloß am handy anrufen ist quatsch du sitzt sicher im stau oder hast milu am klinikgang getroffen die tut dir so gut hat immer die richtigen worte telefon o gott es wird doch nichts passiert sein hallo omi dir geht's gut warte auf mama deine freundinnen kommen gleich zum kartenspielen gut also tschüs hab keine zeit die omi hat nerven die regt sich am wenigsten auf ob das das alter ist im alter macht es wohl ein starkes gefühl noch gesund und hell im kopf zu sein verdammt jetzt hab ich mich in den finger geschnitten schnell das pflaster gedeckt hab ich ja schon es läutet mama hat doch einen schlüssel ich soll dir die tasche abnehmen ja mama ich komme

Liebe!
Monolog des Ehemanns

Das kann doch nicht sein das gibt es einfach nicht emily mein mädchen doch nicht du mir schwindelt ich darf mich jetzt nicht hängen lassen du brauchst mich jetzt wie nie zuvor noch nie hast du mich so gebraucht wie jetzt dabei war alles gut waren doch grad auf dem peleponnes wie vergnügt du warst wenn wir am strand entlanggelaufen sind irgendwie müde warst du danach schon aber die luft die meeresluft ist auch anstrengend und nun diese diagnose ein zufallsbefund hat der radiologe gesagt gut dass du regelmäßig gehst und aufgeregt warst du schon am abend davor aber das ist ja auch normal und jetzt das ich kann's einfach nicht glauben jede vierte frau soll's einmal im leben bekommen du wirst schon durchkommen du wirst es schaffen bist ja so ein positives mädchen gar keine jammertasche wie moni in der familie hat niemand brustkrebs mein gott dieses wort brustkrebs mir schnürt es den hals zu deine wunderschönen brüste wie ich sie liebe diese weichen äpfelchen eine handvoll glück und zauber mir schwindelt wenn ich sie mir vorstelle hab ich sie vielleicht zu wenig geliebt, zu wenig beachtet und gestreichelt mein gott die letzte zeit ist die liebe zwischen uns wirklich etwas kurz gekommen dieser job frisst mich noch auf dabei bist doch nur du wichtig meine emily nie werd ich dich im stich lassen was auch immer auf mich zukommt du kannst beruhigt sein meine süße ich liebe dich wie nichts auf der welt ich bin bei dir immer diese tränen nein nein ich muss jetzt einfach weinen du siehst es ja nicht du bist schon so lange im bad ich werd gleich zu dir gehen dich umarmen dich festhalten dass du spürst wie nah ich dir bin nie liebte ich dich mehr als jetzt emily wie tapfer du in die operation gegangen bist hast mich nur stumm angeschaut als ich am abend davor dein krankenhauszimmer verließ ich schaff's schon hast du immer wieder gesagt ich schaff's schon und deine augen haben geglüht vor angst und tapferkeit den ganzen weg nach hause habe ich gezittert eine rote ampel überfahren und zu hause hab ich im wohnzimmer geschlafen was heißt geschlafen eine flasche rotwein hab ich mir reingekippt um die nacht vor der op durchzustehn mittags war dann die schwester dran am telefon ihre frau liegt noch auf intensiv heute abend kommt sie wieder auf station in diesem weißen hemdchen lagst du in deinem bett die kanüle mit flüssigkeit und blut hing aus dem hemdchen und der galgen mit der infusion du hattest die augen geschlossen als ich reinkam und ich hab mich hingesetzt und deine hand genommen die war ganz warm hab gewartet bis du die augen geöffnet hast von weit her und so ernst so ernst hast du geschaut als kämst du zurück hab deine hand geküsst und gehalten mich an dir festgehalten mein starkes armes mädchen was für ein waschlappen bin ich nur ein nichts ohne dich ohne mein mädchen was soll ich bloß tun ohne dich ohne dich hört alles auf dann sagst du pötzlich hast du auch die blumen gegossen das erste was du nach der op sagst hast du auch die blumen gegossen und ich hab wie ein kleiner bub gesagt na klar na klar was du nur so lange im bad machst du hast gesagt heute darf ich ins bad kommen und du hast so geweint so elendiglich geweint dass ich ganz hilflos geworden bin und dich in den arm genommen habe zu fest drücken durfte ich ja nicht du hast ja noch schmerzen und zum verbinden gehst du immer noch zu deiner gyn die hat einen guten ruf in der stadt als operateurin die sind ja alle durch ein netzwerk verbunden die den brustkrebs behandeln und operieren bis nach amerika geht dieses netzwerk hast du mir erzählt du sprachst als seien die brustoperierten ein verbund ihr macht euch mut sitzt in einem boot aber wer untergeht nein nein emily bleib bei mir die prof hat mir mut gemacht der tumor ist entfernt und in den lymphen war nichts wenigstens das was soll's hauptsache du schaffst es ich will alles tun was gut für dich ist die reha na klar werde dich dort besuchen und in die bank sollst du auch nur noch zwei tage gehen von mir aus auch gar nicht mehr aber arbeit lenkt halt auch ab dann wenn du wieder kraft hast und lust hast zu arbeiten mutter könnte auch endlich was aus dem erbe rüberschieben die hausabzahlung ist eben doch hoch aber vielleicht zieh ich den kredit auch auf zehn jahre länger nur damit du nicht unter druck kommst druck kannst du jetzt gar nicht gebrauchen wir werden es uns richtig schön machen jeden tag zusammen genießen dankbar sein meine emily mein mädchen die chemo raubt dir so die kraft mein gott wie schlecht dir gestern war dein kopf so rot von fieber abbrechen kommt nicht in frage hast du geflüstert und lange an die decke geschaut die nächsten tage sind wieder die hölle für dich du willst dann am liebsten allein sein schreibst in dein tagebuch und rufst micke an die lag im bett neben dir im krankenhaus die ist so eine fröhliche und du sagst die micke die micke hab ich richtig lieb mir ist da eine gänsehaut über den körper gekrochen sonst sagst du so was sehr selten bist jetzt überhaupt so zart geworden wie eine mohnblume die ja deine lieblingsblume ist muss versuchen dir morgen einen strauß mohnblumen zu besorgen ist ja sommer den lieben wir beide wir zwei löwen brauchen den sommer sagst du immer löwen sind stark mein starkes zartes löwenmädchen ich höre dich gar nicht mehr im bad läuft da wasser in die wanne nein es ist etwas ins waschbecken gefallen klang wie metall vielleicht der spiegel jetzt muss ich da rein du sollst dich nicht so genau anschauen weiß ja was du sagst wie blass ich bin die augen liegen tiefer als früher hast du mich gestern gefragt ob du mich so erträgst die tür ist nur angelehnt mein mädchen mein nacktes mädchen mein gott ich liebe dich ich liebe dich gib mir die schere gib sie mir emily ich möchte es tun weine nicht alles wird gut ich bin bei dir ich lasse dich nie im stich nie liebte ich dich mehr ich fange hinten an pass auf setz dich auf den hocker wir müssen da jetzt durch und sie werden wieder wachsen schau es geht schnell warte ich lege dir den bademantel um du frierst ja so die heizung stell sie höher hinten bin ich schon fertig das sieht aus wie ein süßes igelchen weißt du wie das igelchen das letzten sommer jeden abend auf die terrasse kam liebes gib mir deine hand bitte gib sie mir spürst du wie die kleinen stoppelchen abstehn dann ists nicht so schlimm wenn sie ausfallen du hast es doch so gewollt sie werden wieder wachsen in einem jahr ist der böse zauber vorbei und du musst dir einen tollen frisör suchen so ist's gut liebes dreh dich zu mir ja mach die augen zu das schaffen wir schon in korsika hast du immer diese bunten tücher um den kopf getragen wie hab ich mich da in dich verliebt das pinkfarbene vom markt in ajaccio wir werden wieder so eins kaufen ich schau morgen beim beck rein so nun denke ich ist mein mädchen meine jeanne d'arc geworden den spiegel willst du ich soll rausgehn aber nur vor die tür da warte ich auf dich immer

Alles aus Liebe

Konrad öffnete das Portal des Museums mit einem Gefühl, eine Kirche und, ohne je eines besucht zu haben, auch ein Freudenhaus zu betreten. Erlösung und Verbot hielten ihn in Spannung.

In den letzten sechs Monaten oder vielleicht waren es auch acht – so lange arbeitete er schon in der französischen Baufirma in St. Clou – hatte er seinen Gang zum Museum zu einem festen Ritual gemacht. Er hatte sich in seinem kleinen Zimmer im „Hotel Saint André des Arts", das kein Bad hatte, von Kopf bis Fuß am Waschbecken gewaschen, hatte seinen besten und einzigen Anzug angezogen und die braunen Lederschuhe auf Hochglanz poliert. Die Métro brachte ihn schnell zur Station Solférino.

Der Kontrolleur im Museum nickte Konrad zu, als sein Blick auf die Monatskarte fiel und auch weil er ihn wiedererkannte. Er nahm jeden Dauerbesucher als ein Kompliment seiner Person wahr. Konrad fühlte sich erwartet und lächelte ihm zu.

Zunächst schlenderte Konrad durch die Gemäldesammlung aus dem 17. Jahrhundert, stellte sich, Interesse vortäuschend, neben eine Familie, die eine pompöse Schlachtenordnung bewunderte, stieß dann fast an eine Skulptur von Camille Claudel und näherte sich danach dem gläsernen Lift, der ihn in seinen persönlichen Himmel emporheben würde. Er musste warten. Eine Gruppe nacktfüßiger Inderinnen – es war Ende November – besetzten in zwei Schüben den Aufzug. Nein, die Treppen wollte Konrad nicht benützen, das tat er nie, also auch nicht heute.

Er betrat schließlich die Abteilung der französischen Impressionisten. Ihr Reich. Die Beleuchtung war zurückgenommen. Ein Schutz für die Gemälde und Zeichnungen und für Konrad. Seine Füße berührten den weichen, samtgrünen Boden kaum, sein Körper schien ihm leicht und doch von kristalliner Kraft. Er ging langsam und konzentriert, wissend um diesen Moment, in dem seine Sehnsucht sich erfüllen würde.

Die junge Frau stand nackt vor ihm. Ihr roter Mund lächelte und auf ihrer weißen Haut spielten Sonnenflecken. Auch auf den langen, dunkelbraunen Haaren hatten sie sich niedergelassen und zogen Konrad in ihren Bann. Die runden Brüste sahen ihm entgegen und rosarote Brustwarzen standen vor Konrads Augen auf, zum Greifen nah. Blaue, gelbe und grüne Blüten – und Pflanzenfetzen umringten die Schöne. Sie schienen sie zu umkrönen. Konrad versank in die weiße Haut des Mädchens, er spürte, er roch die Zartheit und einen Hauch von Maiglöckchen und Jasmin. Er fühlte seine Lust steigen, und seine Augen eilten von der Halsgrube über den Busen, den gewölbten, kleinen Bauch bis zur Scham seiner Angebeteten. Konrad schloss sie, und hinter den Lidern tanzten das Blau und das Weiß und das Gelb des Bildes. Als er wieder auf das Bild schaute, war die Scham des Mädchens mit einem blauen, fließenden Tuch umhüllt, gehalten von ihren winzigen Händen. Konrad fühlte sich im Glück. Pierre Auguste Renoirs „Mädchen im Sonnenlicht" von 1875 gehörte ihm. Das Mädchen gehörte ihm.

Seit seiner Zeit in Paris und der Zeit mit dem Mädchen von Auguste Renoir hatte Konrad sich verändert. Selbst die schönsten Pariserinnen würdigte er keines

Blickes, er bemerkte sie nicht. Er war erfüllt von diesem schmerzlich-schönen Sehnen, das eine noch nicht erfüllte Liebe erzeugt.

In diesen Zustand fügte es sich wunderbar, dass sich Konrads Lohn als Vorarbeiter im Hochbau fast verdoppelt hatte. Bald schon konnte Konrad das bescheidene Hotel verlassen und in eines der besseren Kategorie in der Nähe des Musée d'Orsay ziehen. Auf seinem Konto sammelte sich eine stattliche Summe. Wer weiß, wozu er das Geld brauchen würde?

Er begann über die Malerei des Impressionismus zu lesen, was ihm nicht leicht fiel. Was bedeutete Pointilismus? Was war Rötel und was Aquarell? Er suchte die unbekannten Begriffe im Internet, las in einem dicken Lexikon nach, das er auf dem Marché aux Puces preiswert erworben hatte. Über Renoir sammelte er alle Informationen, die er fand.

Seiner Mutter schrieb er regelmäßig Postkarten nach Freising, und die Mutter antwortete dankbar, dass inzwischen das Küchenbuffet voll gespickt sei mit seinen Karten vom Eiffelturm, dem Triumphbogen und Pariser Ansichten, sogar mit dem Foto des französischen Präsidenten, den sie ja bereits in der Tagesschau gesehen hätte.

„Aus dem Bub ist doch was geworden", erzählte sie stolz der Frau des Kirchenvorstands, bei der sie seit vielen Jahren putzte, bügelte und den Garten betreute. Mit ihrer kleinen Witwenrente hielt sie sich so und früher auch Konrad über Wasser. Nach der Hauptschule hatte er am Bau angefangen, in Vaters Fußstapfen, was die Mutter beruhigte und dem Vater nur recht gewesen war. Nach dem Tod des Vaters herrschte Ruhe im Haus.

Konrad hatte eine Sekretärin im Baubüro ein wenig angehimmelt, aber die hatte ihn links liegen lassen, ihn sogar ausgelacht, als er ihr eines Tages einen Strauß Blumen von der Tankstelle überreichen wollte. Das reichte ihm als Kontakt zu Frauen.

Im Dezember des Jahres 1999 rief Konrads französischer Chef ihn und seinen Trupp deutscher Kollegen zu sich. Er hatte Probleme mit der Versteuerung ausländischer Arbeiter bekommen und erklärte ihnen, dass sie alle Ende des nächsten Jahres wieder nach Deutschland zurückkehren müssten. Zumindest in seiner Hochbaufirma könne er sie nicht länger halten.

Konrads Aufstieg, Konrads Glück drohte zusammenzubrechen. Er wollte, er musste in Paris bleiben. Mit Hilfe eines französischen Kollegen bewarb er sich bei vielen französischen Firmen, doch es kamen nur Absagen. Seiner Mutter schrieb er von seiner Katastrophe nichts.

Eines Tages entschloss sich Konrad, einen Malkurs zu besuchen. Er lernte die Grundkenntnisse der Ölmalerei, war nicht sehr begabt, aber er hatte ein Ziel vor Augen. Zu Beginn des Jahres 2000 entstand sein Plan. Und dieser Plan verlangte eine genaue Vorbereitung. Im Sommer 2000 sprach er den ersten Wärter im Museum an und fragte, wie Kunststudenten zu der Ehre kämen, im Museum die großen Meister zu kopieren. Der antwortete freimütig, er bräuchte nur die Bescheinigung der Malschule beziehungsweise der Akademie. Die war schnell besorgt.

Konrad betrat nun in lässigem Dress und mit Staffelei, Leinwand, Farben und Skizzierstiften die nächsten Monate regelmäßig das Museum. Das Personal kannte den fleißigen Kunststudenten inzwischen und in seiner freundlichen, stillen Art fiel er bald nicht mehr auf. Er hielt sich in verschiedenen Abteilungen auf und skizzierte meist, um das Bild in seinem Atelier fertig zu malen, wie er sagte.

Am längsten und häufigsten stand Konrad vor dem Mädchen-Akt mit den Sonnenflecken. Aber nie zeigte seine Leinwand einen Strich des Vorzeichnens der feinen runden Formen des Körpers oder gar ein Tupfen Blau oder Gelb oder Grün, was das Bild zu dem genialen Leuchten brachte. Das war den Museumswärtern jedoch erst später aufgefallen.

Im November packe Konrad alle seine Bücher über die Kunst Pierre Auguste Renoirs, dessen veröffentlichte Briefe und Lebensbeschreibungen, die DVDs der Renoir-Söhne Pierre, dem Schauspieler, und Jean, dem Filmregisseur, in ein großes Paket und schickte es zu seiner Mutter nach Freising und schrieb ihr, er würde demnächst eine weite Reise antreten. Alles, was er ihr schickte, solle sie in ihrem Kleiderschrank bewahren.

„Erzähl niemandem von meinem Plan und vernichte diesen Brief, liebe Mama. Die Leute sind doch immer so neidisch!"

Weshalb sie Konrad nichts davon erzählte, dass sie sich auf Sepp, den Polizeichef des Dorfes, eingelassen hatte, wusste sie selbst nicht.

Vor dem Tag X schlief Konrad unruhig. Die gepackte Reisetasche stand neben seinem Bett und sein gesamtes, gespartes Geld steckte ebenfalls darin.

„Reg dich nicht auf, Konrad! Ich weiß, es wird klappen! Nun warten wir doch schon so lange aufeinander. Es wird dir gelingen. Liebe versetzt Berge. Ja, du und ich. Endlich, Chéri! Endlich! Ich spüre dich, spüre dich, seit damals. Ja, dein Blick, Konrad, dein Blick. Chéri, nimm mich endlich in deine Arme!"

Konrad fieberte, und doch waren seine Gedanken klar und entschlossen. „Ich komme, ma belle. Ja, ich komme!" Konrad schlief ein und erwachte erst, als Tageslicht in sein Zimmer schien. Am frühen Morgen betrat er das Museum. Es war ein Mittwoch. Noch gab es kaum Besucher. Der Wärter bemerkte ihn nicht. Entschlossen ging Konrad auf Renoirs Mädchen-Akt zu. Er sah sich aufmerksam um und schnitt mit einem Skalpell rasch das Bild heraus, zog unter seinem Pullover eine Kopie hervor, gemalt nach einer Fotovorlage, und klebte die Fälschung in den Rahmen. Das Original rollte er zusammen und steckte es unter den Pullover.

Ehe der Tausch bemerkt wurde, saß Konrad im Flugzeug in Richtung Brasilien und das Original war unterwegs in einer Postrolle aus Pappe nach Freising.

Die Pariser Polizei sicherte Fingerabdrücke am Rahmen, aber da sie in keiner Verbrecherkartei gespeichert waren, wurde Konrad nicht entdeckt. Er trampte durch Brasilien. In der Zeitung las er, dass Experten vermuteten, ein privater Sammler im Ausland verwahre das Gemälde von Renoir in seinem Tresor.

Konrad trieb es durch schöne und exotische Landschaften, und dennoch steigerte sich seine Unruhe. Die Sehnsucht nach seinem Mädchen mit den Sonnenflecken auf der Haut. In Wachträumen redete er mit ihr und sie mit ihm. Er streichelte ihre weiße Haut, küsste ihre Brüste, ihren Bauch und versank schließlich in ihren Schoß, eingehüllt im Blau-Grün ihres Seidenschals. Der raschelte an seinem Ohr.

Von der Hauptstadt Brasilia aus rief er nach sieben Monaten seine Mutter an und sagte, er käme in vier Wochen nach Hause. Die Mutter stockte – das spürte er genau –, antwortete dann eilig und mit einer ihm fremden Stimme: „Lass dir Zeit, mein Junge! Hier ist doch gar nichts los! Warum bleibst du nicht in der Sonne?“ Bevor sie den Hörer einhängte, schrie sie fast fordernd: „Bleib, wo du bist!“ Ihm kam es vor, als wäre sie gestört worden, bevor er antworten konnte.

Konrad verwirrten die Worte der Mutter, er verdrängte jedoch bald ihr seltsames Verhalten und freute sich nur noch auf sein Sonnenflecken-Mädchen, das zu Hause auf ihn wartete. Auf dem Flug über Paris klopfte sein Herz ein wenig ängstlich, aber da er jetzt einen Vollbart trug, würde ihn niemand erkennen.

Vom Münchner Flughafen war es nicht weit nach Freising, sodass er sich ein Taxi nahm. Außerdem wollte er doch wie ein Weltreisender bei seiner Mutter ankommen. Er läutete an ihrer Parterre-Wohnung, niemand öffnete und er bemerkte, dass die Tür zum hinteren Garten offen stand. Die Küche war leer. Es roch vertraut.

Schnell, sehr schnell trieb es ihn ins Schlafzimmer. Er war allein. In Höchstspannung. Er öffnete den alten Kleiderschrank und tastete unter den Kleidern der Mutter den Boden ab. Wo war sie denn endlich? Ja, da war sie, die Rolle mit seinem Mädchen! Rasch zog er sie unter den Kleidern hervor. Er kniete vor den Schrank – ihm war feierlich zumute. Entschlossen zog er das Einpackpapier herunter und öffnete den Deckel der Rolle. Sein Atem keuchte. Mit einer behutsamen und zärtlichen Geste rollte er das Gemälde vor sich auf dem Boden aus. Sein Mädchen lag nackt und schön vor ihm. Seine beiden Hände umfassten ihre kleinen, apfelförmigen Brüste. Konrad versank.

In diesem Augenblick legte sich die schwere Hand des Polizeichefs, Liebhaber der Mutter, auf seine Schulter. „Polizei", hörte Konrad von Ferne. „Sie sind verhaftet." Die Mutter stand weinend im Türrahmen.

Konrad ließ keinen Blick von seinem Mädchen; er streichelte das Gemälde zärtlich und sagte leise: „Ich tat es aus Liebe ... ich habe es aus Liebe genommen. Aus Liebe."

Fragment einer Brust

Skulptur von Auguste Rodin

Ein Stück Fleisch
Kein Opfer
Sein
gerundetes Sein
Zwei Sichten
aus Hoffnung
aus Anmut
aus Sinn
Blutsinn, der lockt
Blutsinn, der nährt
Blutsinn, der lebt
Ein Stück Fleisch
aus Adams Verlangen
Evas Meisterwerk

Doppeltes Lottchen

„Eddi!“ Lore holte tief Luft und rief erneut seinen Namen. „Eddi!“

Ihre Stimme bekam einen lächelnden Frageton: „Eddi, hast du schon mal meinen Busen richtig angeschaut? Der sieht wirklich seltsam aus – verrückt?!“ Sie starrte in den Spiegel im Bad.

„Was sagst du?“ Eddi lag im Ehebett und las wie jeden Abend vor dem Schlafen den Sportteil der Tageszeitung. Lore stand bei geöffneter Bad- und Schlafzimmertür vor dem mit vielen Glühbirnen umgebenen Spiegel und drehte drei überdimensionale Lockenwickler in die feinen, naturblonden Scheitelhaare. Rote Plastiksticker hielten die Rollen fest. Auch als sie die Arme sinken ließ, blieben ihre Augen auf ihre beiden Brüste fixiert. Das Rascheln von Eddis Zeitung klang weit entfernt.

„Die rechte Brust schaut irgendwie nach rechts, nach rechts außen“, sagte sie leise zu sich, „und die linke, die linke starrt einfach nach links ...!“

Sie fasste ihre Brüste vorsichtig von unten an, hob sie ein wenig und verglich sie mit analytischem Blick. Sie drehte sich ins Halbprofil, und die Busenspitzen schnippten keck in die Höhe.

Wieso hatte sie sie noch nie so genau betrachtet? Es war ihr, als wollten die zwei kleinen Dinger nach rechts und nach links abhauen. Sie schüttelte den Kopf.

„Ist der Hof um die Brustwarze links nicht ein bisschen kleiner als rechts? Und dieses winzige Muttermal neben der Mamille?“

Sie schämte sich, denn sie hatte all das vorher nicht bemerkt. Was hatte sie von sich überhaupt in den letzten Jahren wahrgenommen?

„Nimm dich nicht so wichtig“, murmelte sie vor sich hin, und doch konnte sie sich nicht von ihrem nackten Anblick trennen Er gefiel ihr und es amüsierte sie, was sie da sah. Die gute Laune hob ihre Stimme: „Eddi, warum hast du mir denn nie gesagt, dass ich zwei verschiedene Brüste habe?!“

Eddi trennte sich für einen Augenblick von seiner Zeitungslektüre und raunzte: „Ja, ja, stimmt schon!“

Spieglein, Spieglein an der Wand, wer ist die Schönste im ganzen Land? Was machte der Spiegel ihr heute Abend alles vor? Was verriet er?

Ihr hochgedrehtes Haar erinnerte sie plötzlich an eine Haartolle in einem Film der Vierziger Jahre. An die Hayworth oder auch die Beauvoir nach dem Krieg. Lore lächelte sich zu. Liebevoll und mit tiefem Erstaunen sah sie sich an. Wer, was für eine Frau war sie eigentlich?

Großmutters warme Stimme tauchte in ihr auf.

„Wie hübsch du geworden bist, Lorettchen. Ja, wie hübsch. Eine richtige Mönkeberg.“

Lores Blick ging von ihren Brüsten über die zarte Haut am Hals, über die kräftige Kinnspitze, den fein gezeichneten Mund, die schmale, gerade Nase, – ein kurzer Blick streifte die fragenden Augen – bis zu ihrer hohen Stirn, die in einem herzförmigen Haaransatz endete. Das war sie? Das war Lore oder immer noch Lorett?

Viel zu selten war sie mit den Eltern in Blankenese bei den Großeltern gewesen. Dem Vater war in Großmutters Haus alles zu steif, zu vornehm, zu hanseatisch. Und dieser Kolonialstil in den Gästezimmern. Die Großmutter war lange Jahre tot, und sie hatte Lore ihren Biedermeier-Sekretär mit dem Geheimfach für Tagebücher, alte Fotos und Lores Zeugnisse vererbt. Dazu ein kleines Aktienpaket, dein Nadelgeld, für Zeiten, wenn du's mal brauchst, hatte sie ins Testament geschrieben.

Das Meißner Geschirr von Großmutter fiel ihr ein, zu altmodisch und protzig für Eddi. Der Drache auf dem Porzellan ließ Lore an eine Sagenwelt denken; die von Siegfried und seit Neuestem auch an Harry Potter. Drachentöterin wollte sie als kleines Mädchen werden, wenn sie die germanischen Heldensagen verschlang.

Mein Gott, wie lange hatte sie an all das nicht mehr gedacht. Es weggelegt in dieser trägen, windstillen Ehe mit Eddi.

Energisch blätterte Eddi die Zeitung um. Jetzt war er sicher im Wirtschaftsteil gelandet und würde ihr die Börsenwerte von Allianz, SAP und Mercedes verkünden.

Lore beugte sich über das Waschbecken, was ihre Brüste ein wenig zum Schaukeln brachte. Sie hatten die Form von kleinen Birnen, mit einem frechen Schwung nach oben und einem leichten Drall nach rechts beziehungsweise nach links. Wie die einer Afrikanerin, hatte ihr erster Freund damals staunend bemerkt. Und Großvater hatte sie geneckt, sie könne mit dieser Busenform der Karriere von Josefine Baker folgen. Dennoch hatte sie sich nie getraut, ihr Bananenröckchen an Fasching auf einem der Bälle im Hotel Atlantik zu tragen.

Ihre Figur hatte sich in all den Jahren kaum verändert. Lore drehte und wendete sich vor dem Spiegel, folgte dem Schwung der beiden Naturen und streckte sich mit hochgehaltenen Armen. Wie toll sie aussahen und wie frech! Lore bewegte sich, bis auch ihre Beine, abgefedert von ihren Füßen, den ganzen Körper empor hüpfen ließen.

„Ich muss euch einen Namen geben, ihr armen Dinger, wo ich euch doch bisher so wenig beachtet habe."

Plötzlich empfand sie Mitleid mit den goldigen, straffen Brüstchen. „Arme, arme Mädelchen“, murmelte sie. Wie konnte sie all diese Missachtung wiedergutmachen?

Auf einmal tauchte der Name in ihr auf. Laut sprach Lore ihn aus und fast schwang ein wenig Feierlichkeit in ihrer Stimme:

„Doppeltes Lottchen. Ich nenne euch Doppeltes Lottchen“, lachte sie vor sich hin. Doch als sie die zwei Mädchen aus dem Buch seines Schöpfers vor sich sah, mit langen Zöpfen und in braven Kleidchen, fand sie diesen Vergleich eine Zumutung für ihre zwei so besonders hübschen Dinger. So schnell wollte sie ihre Namenssuche aber nicht aufgeben. Sie war den beiden ja wirklich was schuldig.

Ihrer wohl doch etwas romantischen Natur fielen als Nächstes die Märchengestalten Schneeweißchen und Rosenrot ein „... nein, ihr habt ja einen Hauch von Großmutters dunkler Haut geerbt, ein bisschen Café au Lait“, stellte sie lächelnd fest.

Lore drückte ihren Bauch an das Waschbecken. Sie atmete tief durch und fühlte sich schön und stark und gut gelaunt wie seit langem nicht mehr.

„Nenne sie doch Dick und Doof“, tönte es plötzlich laut hinter ihr.

Eddi hatte das Bad betreten, ohne dass sie ihn bemerkt hatte.

„Dick und Doof“, lachte Eddi mit breitgezogenem Mund in den Spiegel. Er starrte auf ihre Brüste. Kälte und der männliche Anspruch, du gehörst mir, ihr gehört mir, kamen Lore aus seinem Blick entgegen.

Lores Atem stockte. Er verlachte ihr Schönstes, ihr Liebstes, ihre gerade entdeckten wunderschönen Brüste in demütigender Weise, konnte gar nicht aufhören, in den Spiegel zu grinsen.

Er fand sich so witzig und so originell und merkte nicht, was er tat. Ihr Mann spie Verachtung aus gegen ihre Person, ihre Gefühle, ihre Weiblichkeit.

Sie spürte, wie ihre Brüste unter der Wucht von Eddis Lachen erstarrten. Der ganze lieblose Eddi offenbarte sich und sie, die sich immer hintangestellt hatte, begann mit kaltem, brennendem Herzen Position zu beziehen. Sie hielt sich an ihren Brüsten fest, ließ sich von ihnen leiten.

Lore bewegte sich nicht von der Stelle. Ihr Kopf drehte sich ein wenig nach rechts und schaute auf das nackte Geschlecht ihres Mannes. Ihre Stimme wurde hell und leise:

„Du solltest einen plastischen Chirurgen aufsuchen! Möglichst bald, Eddi! Franz Baumgart an der Uniklinik soll darin eine Koryphäe sein. Margret hat mir das neulich erzählt ..."

Sie wandte sich zur Tür und nahm ihren Bademantel vom Haken. Sie zog ihn im Gehen an und ging in die untere Etage des Hauses. Sie setzte sich auf das Sofa und sah sich im Wohnzimmer um. Schließlich öffnete sie den Sekretär und nahm die vergessenen Dinge heraus, die sie seit Jahren nicht mehr angesehen hatte. Lorett Mönkeberg las sie als Erstes auf dem Dokument.

Morgen sollte sie Onkel Jacques in Brüssel anrufen. Internationales Recht, das war ihr Spezialgebiet gewesen, und der Onkel kannte sich da aus. Brüssel!

Den Sekretär würde sie auf jeden Fall mitnehmen.

Marlene

Die Wirtsstube in der Nähe des Münchner Patentamtes müffelte nach kaltem Rauch und abgestandenem Bier. Hier trafen sich einige Autoren der Landeshauptstadt und des Umlandes. Ein Verein von Schriftstellern verschiedener Richtung und Qualität.

Susza, eigentlich Susanne, zählte sich dazu. Fühlte sich vor allem durch Georg, den Vorsitzenden, in ihrem Beruf kundig und engagiert vertreten. Als Sachbuchautorin für Kunstgeschichte und Architektur fehlte ihr die übertriebene Erwartungshaltung an die lesende Welt, wie sie Schriftsteller oft besitzen.

Georg hatte sie gestern angerufen, und seine Stimme im weichen Schweizer Singsang deklamierte: „Susza, du musst kommen, ich sag dir, der morgige Abend wird dir gefallen. Marlene, eine wunderbare Künstlerin und Frau wird uns aus ihrem extraordinären Leben erzählen ... Hast du Zeit?"

Georg liebte es, besondere, beinahe schon vergessene Worte zu verwenden.

„Extraordinär", summte es in Suszas Kopf.

Susza bedauerte schon, sich inmitten der sich wichtig empfindenden Männer der Literatur eingefunden zu haben, und trank den Grünen Veltliner ziemlich schnell. Um sie herum aß man Schweinebraten, Weißwürste oder eine kalte Platte.

Georg richtete den für das Präsidium bestimmten Tisch, stellte ihn quer in den Raum und mitten darauf eine Anlage zum Abspielen von CDs und Kassetten.

Die Plastikblumen auf den Tischen hatten die Farbe der Jahreszeit. Gelbe Tulpen.

Eigentlich war sie wegen Carlos heute Abend hergekommen. Sie brauchte Ablenkung. Er hatte am Morgen angerufen, hatte ihr seine Liebe unter die Haut geschoben, dass ihr fast schlecht wurde, vor Sehnsucht und Lust. Aber da lagen 10.000 km zwischen ihnen. München – Mexiko City. Susza rutschte unruhig auf dem geblümten Kissen des bajuwarischen Brauereistuhls hin und her, betrachtete ihre unlackierten Nägel und zupfte am Nagelbett des Ringfingers. Dieser Ring am Finger. Dieser schmale, geflochtene Weißgoldring, der nach nichts aussah, aber ihren Finger eng, zu eng umschloss. Plötzlich kam sie sich wie dieser Ring vor, den Carlos ihr im Oktober in Lausanne gekauft hatte. Sie waren aus dem „Beau Rivage" gekommen und durch die Stadt geschlendert, sie genossen ihr Glück. So sagte er immer wieder „ihr Glück – mein Glück – unser Glück" und schaute sie sehnsüchtig an, wie er es nachts oft tat.

Georg prüfte die Anlage und steckte eine Zigarette in seine silberne Zigarettenspitze. Wie elegant er wirkte, ein Grandseigneur, und eigentlich viel zu nobel für diesen Ort, für diesen Kreis. Immer wieder sah er auf die Uhr und rückte einen Stuhl vor die Mitte des Präsidiumstisches. Er verließ den Raum.

Susza bestellte ein zweites Glas Wein. Die von Stoffschirmchen umgebenen Birnen an der Holzdecke warfen graues Licht auf die Tische. Schmuddelig war hier alles. Ihr Blick schwenkte zu der mit marmoriertem Glas gefüllten Eingangstür.

Da erschien Georg im Türrahmen. Er lächelte und sah einen Augenblick auf, als er die Tür durchschritt, zur Seite trat, um mit einer weit ausholenden Geste dem Gast sein Auftreten zu ermöglichen.

Es erschien eine Dame, eine ältere, kleine Dame mit Kurzhaarschnitt, in silberfarbenem Brokat-Blouson und schwarzen Samthosen. Sie blieb im Türrahmen stehen und lächelte. Sie ließ sich Zeit. An ihren Ohren blitzten große Ohrstecker mit Brillanten.

Georg führte sie in den Raum. War sie seine Trophäe? Die Dame blieb stehen und sah in die Runde. Sie schien das Ambiente zu ignorieren. Das Raunen der Autoren, das Räuspern. Das Scharren der Schuhe auf dem Boden. Das Kratzen des Bestecks auf den Tellern.

Susza traf die Erscheinung wie ein Blitz. Ein Wesen aus einer fremden, früheren Welt. Aus einem Film der Vierziger und Dreißiger des letzten Jahrhunderts? Die glamouröse Eleganz, die lasziven, leicht manierierten Bewegungen der Hände, ihr Blick unter den langen, schwarzen Wimpern. Das hell gepuderte, feine Gesicht, umringt von fast weißem, leicht gelocktem Haar öffnete sich dem Publikum. Ein Zauberwesen, ein Verzauberwesen.

Und diese Stimme! Sehr tief und klar, wenn sie sprach und auch wenn sie auflachte. Sie zog ihre Brokatjacke aus und reichte sie Georg. Durch die weiße Seidenbluse drückten sich kleine Brüste, schöne Brüste. Suszas Herzschlag schnellte hoch.

Mit charmant gewählten Worten hofierte Georg den Gast, stellte ihn vor.

„Die Münchner Autorenschaft heißt Sie willkommen, Frau Berg, – gerade aus Paris zurück – und jetzt hier bei uns in dieser bescheidenen Hütte. Wir freuen uns!“

Alle lachten und applaudierten. Am Handgelenk der Frau klimperten die Goldmünzen an einem breiten Bettelarmband. Solch ein Armband besaß Suszas Mutter in den 50ern. Marlene Berg, mit diesem Namen stellte Georg die Künstlerin vor.

An Susza rauschte das Gespräch fast vorbei und doch nahm sie jedes Wort von Georg wahr. Marlene war die uneheliche Tochter eines berühmten Opernsängers, sie war Halbjüdin, litt Jahre im KZ Ravensbrück, reinigte dort Latrinen und lebte bis vor einigen Wochen mehr als drei Jahrzehnte in Paris, als berühmte Chansonette, als internationaler Star.

Georg legte die CD mit Marlenes Liedern auf. Sie sang: „Et pourtant, und trotzdem", „Wenn Liebe die Welt regiert" von Brassens, „Die Moorsoldaten" und zuletzt die „Marseillaise".

„Du sollst nicht traurig sein", erklang und „Je t'aime tant" von Louis Aragon. Bei diesen Chansons brach Susza in Tränen aus. Sie liefen ihr ungehemmt die Wangen hinunter. Was sollte dieser Gefühlsausbruch? Ein sentimentaler Ausrutscher? Sie spürte Gänsehaut auf ihren Schenkeln.

Carlos war plötzlich gegenwärtig und der Schmerz in ihrer Liebe, ihrer sich nie ganz erfüllenden Liebe als Geliebte eines verheirateten Mannes.

Die tiefe Stimme, diese Lieder und der Anblick der schönen, alten, zerbrechlichen und starken Frau hatten ihr Gefühl geweckt.

„Ich bin alt und eingebunden", sagte Carlos immer wieder, und genauso überzeugt erklärte er ihr, „ich liebe dich wie niemanden zuvor."

Susza trank das Glas leer und versuchte, sich auf das Gespräch von Georg und Marlene einzulassen. Ihr Handy vibrierte plötzlich, und sie verließ die Wirtsstube. Sie merkte, wie Marlenes Blick ihr folgte. Sie spürte ihn. Carlos sprach vom andern Ende der Welt auf sie ein. Mit aufgeregter Stimme erzählte er von den Stadträten, die seinen Entwurf des Museums in Mexiko City akzeptiert hätten.

„Das musste ich dir sagen, Liebling. Freust du dich? Wir werden weiter zusammenarbeiten können."

Carlos war weit entfernt. Sie stand im dumpf riechenden, düsteren Flur einer drittklassigen Kneipe, und drinnen saß ein Engelswesen aus einer alten, verlorenen Zeit. Aus Carlos' Zeit. Aber der sprach von einem neuen Projekt, für sie beide. Was war nur los in ihrem Leben?

„Bis morgen", sagte Susza. Sie drängte in den Raum zurück.

Es schien eine Pause eingelegt worden zu sein. Man servierte der Chansonette ein Glas Sekt. Kein Champagner. Georg winkte Susza zu sich und stellte die Frauen einander vor. Er stand lächelnd daneben. Als er sich einem anderen Autor zuwandte, sagte Marlene: „Besuchen Sie mich doch. Ich würde mich freuen". Ihre tiefe Stimme schwang nach.

Sie trafen sich jede Woche. Marlene war an den Elisabeth-Platz in Schwabing gezogen. Junge Männer hatten den Umzug von Paris für sie in die Hand genommen; immer war sie umgeben von jungen Männern, die ihr jeden Wunsch von den Augen lasen. Auch Georg war an ihrer Seite.

Aber wenn Susza kam, war sie mit Marlene allein. Sie gingen aus, aßen in Bogenhausen bei einem feinen Italiener, teilten sich ein Menu, tranken immer ein halbe Flasche Champagner. Sich in Marlenes Nähe elegant anzuziehen, war selbstverständlich. Susza kaufte sich Kleider und einen Mantel von Gil Sander und Armani. Der Secondhandladen, wo die reichen Münchnerinnen ihre Nobelkleidung verkauften, war ihre Rettung.

Wenn sie gemeinsam das Lokal betraten, öffnete es sich für sie wie der Vorhang einer Bühne. Die Ober sprangen herbei, der Besitzer verneigte sich, der Stuhl wurde vom Tisch gerückt, die anderen Gäste blickten erstaunt von ihren Tellern auf. Marlene sah erhobenen Hauptes und doch mädchenhaft in die Runde, bevor sie sich am Tisch – immer dem gleichen – niederließ. Susza genoss dieses Ritual, auch wenn sie es durchschaute. Marlene, der Star aus vergangener Zeit. Ein Filmabschnitt, in dem sie mitspielen durfte.

Oft sprach Marlene von Claudine. Sie hatte viele Jahre mit Claudine, einer bekannten Journalistin, in Paris gelebt. Sie zeigte Fotos von ihrem Landhaus. Ein bewundertes Paar: die Chansonette und die Intellektuelle, beide schön und elegant. Als Claudine krank wurde, pflegte Marlene sie bis zu ihrem Tod vor fünf Jahren. Jetzt hielt Marlene Paris nicht mehr aus. Obwohl sie die „boches" hasste, kam sie nach München, weil ein Verlag ihre Autobiografie herausbringen wollte.

Einmal zeigte sie Susza Fotos, auf denen beide Freundinnen abgelichtet waren.

„Sie hatte einen wunderbaren Busen, sieh ihn dir an, Suzette!"

Susza näherte sich vorsichtig. Suzette, sie hatte sie wieder Suzette genannt, und Susza spürte die Zärtlichkeit, die Marlene in ihren Namen legte. Sie kniete sich neben den niedrigen Tisch, auf dem die Fotos ausgebreitet lagen. Die nackten Körper der Freundinnen Marlene und Claudine – lachend, schwimmend in einem See, vor dem Kamin, in inniger Umarmung. Marlenes helle zarte Haut neben der hellbraunen der Geliebten. „Selbstauslöser", murmelte Marlene. Sie hielt Claudines apfelgroße Brust in der Hand. „Da hatten wir besonders viel Spaß", lachte sie und sah Susza intensiv an.

„Ihr seid beide wunderschön", sagte sie und roch Marlenes Parfum fast schmerzhaft.

Von Suszas Arbeit wollte Marlene eigentlich nichts wissen. Ihr neues Buch über die Architektur von Carlos

„Häuser berühmter Menschen“ interessierte sie nicht. Als Susza nach Mexiko fliegen musste, um mit Carlos das Manuskript abzuschließen, wurde Marlene krank.

Die jungen Männer und Georg umsorgten sie. „Flieg nur, mich siehst du nicht mehr wieder“, flüsterte sie bei der Verabschiedung ins Telefon.

Die Luft in Mexiko City empfand Susza nicht als so belastend, wie Marlene es ihr angedroht hatte.

„Du wirst ersticken, ma chère, ich konnte mal nicht auftreten, so elend hab ich nach Luft geschnappt in der Stadt!“

Susza mailte nach ihrer Ankunft trotzig zurück: „Ich atme hier so leicht, als hätte man der Luft atomisiertes Leben beigemischt!“ Sie bekam keine Antwort während der ganzen Zeit.

Wenn Susza und Carlos arbeiteten, hatten sie die Leidenschaft ausschalten können. Die Sachlichkeit während der Arbeitstage, Architektur-Pläne anzuschauen, Fotos herauszusuchen, Texte zu korrigieren und Buch-Strukturen zu diskutieren, heizten ihre Kreativität an und schafften in den gemeinsamen Jahren außergewöhnliche Veröffentlichungen.

In diesem neuen Buch ging es um Carlos Privatbauten in Südamerika. Reicher Leute Privat-Domizile, Millionärsburgen, wie Susza ironisch meinte. Carlos lachte darüber und schlug vor, dieses Projekt auch in seiner Vermarktung etwas zu übertreiben. Als „Creative Partners“ wollte er sich auf einem gemeinsamen Foto mit Susza auf dem Cover des Buches präsentieren. Susza machte mit, wie sie eigentlich immer mitmachte, auch wenn sie sich erst störrisch zeigte. Sie ließ sich ihre langen, dunklen Haare streng nach hinten kämmen à la Frieda Kahlo, und Carlos trug einen Dress à la Diego Rivera, und so lichtete sie ein bekannter Fotograf ab.

Susza dachte oft an Marlene und das ließ sie ihre Haltung zu Carlos überdenken. War er wirklich die Liebe ihres Lebens, wie sie es die letzten Jahre empfunden hatte?

Als Susza nach München zurückkam, war Marlene mit Georg nach Bayreuth zu den Festspielen gereist, übernachtete wie immer in „Pflaums Posthotel." „Dort wohnt man", hatte Marlene sie aufgeklärt.

Das malaysische Hausmädchen überreichte Susza ein handbeschriebenes Couvert mit der kurzen Bemerkung: „Madame ist verreist." Marlene hatte die Daten der Festspieltage auf ihren Briefbogen notiert, grußlos.

Ärgerlich, aber auch irgendwie lächerlich. War Marlene etwa eifersüchtig auf Carlos, auf ihre Beziehung zu Carlos?

Susza lenkte sich mit Arbeit ab, das gelang immer, und dennoch wartete sie auf einen Anruf von Marlene aus Bayreuth. Ihre Nervosität nahm von Tag zu Tag zu. Marlene fehlte ihr. Wenn Carlos anrief, reagierte sie oft unfreundlich und gab vor, keine Zeit zu haben.

Sie steckte in einer Zwickmühle der Gefühle, saß in einer Falle, und die hieß Marlene, eine Falle, die sie selbst inszeniert hatte, und vielleicht hatte sich diese Situation durch ihr Leben als Carlos' Geliebte angebahnt. Dieses starke, flirrende Gefühl, so leidenschaftlich geliebt zu werden, der große berühmte Mann, der ihr zu Füßen lag. Und doch die schwelende Verzweiflung, nie mit ihm leben zu können. In seinem Alter konnte er seine Ehe nicht lösen. Wenn er zehn Jahre jünger wäre, ja, dann hätte er die Koffer längst gepackt. Und dafür sein Trost: „Aber wir beide haben doch unsere Arbeit, Liebling, die nimmt uns keiner und die verewigt uns in der Kunstgeschichte als kreatives Paar." Genoss sie etwa das opernreife Drama?

Nun war Marlene in ihrem Leben. Noch nie hatte sie sich in eine Frau verliebt, und jetzt war es passiert. Sie hatte Sehnsucht, Sehnsucht nach Marlene. Wenn sie ihr die Tür ihrer Wohnung öffnete, das Strahlen, die Umarmung, ihr wunderbarer Duft, der die ganze Wohnung durchzog. Die große Wohnung, Antiquitäten aus aller Welt, eng beieinander, üppig, prächtig. Ja, Pracht und Eleganz vor allem im Salon, wo man auf dem Sofa tief einsank, darauf Platz nahm. Man setzte sich nicht, man nahm Platz.

Susza fühlte sich wie in einem Roman des 19. Jahrhunderts. Sie nahm teil, spielte mit. Die Welt draußen war vergessen, das Normale, Profane, die Sorgen, die Arbeit. Nur Poesie passte in diese Welt – sie lasen aus René Chars „Éloge d'une Soupçonnée". Marlene las auf Französisch und Susza aus „Lob einer Verdächtigen". Erst zögerlich, denn diese Welt war neu für sie, und dann durch die Nähe Marlenes mit der Flamme einer Jeanne d'Arc.

Entfaltung unter der Rinde,
Bruch in dem Ast.
Wende zum Ast hin nur mit Hilfe des Windes.

Dépliement sous l'écorce,
Cassure dans la branche.
Repli vers la branche avec l'aide du vent seul.

Tränenschwer der Tau;
Abendschwer das Salz.

Lacrymale la rosée;
Vespéral le sel.

Carlos spürte Suszas Rückzug. Sie ließ ihren Anrufbeantworter ständig auf Bereitschaft und rief erst nach Tagen zurück. Sie rettete sich in Fragen nach seiner Arbeit.

„Ich fliege übermorgen nach Madrid. Wir müssen uns bald sehen! Mal wieder ein herrliches Wochenende, nur du und ich. Zu Hause kriege ich das hin."

Sein unsicheres Lachen. Susza legte den Hörer auf.

Warum war sie nicht fähig zu einer normalen Beziehung? Langweilte sie das normale „Du zu Du"? „Ich kenne niemanden, der so lieben kann wie du", sagte neulich ihre Mutter. Aber was sollte das, wenn sie immer in der Liebe verbrannte? Susza lief in schnellem Schritt die Isar entlang. „Ich muss erwachsen werden, in der Liebe erwachsen werden. Weg mit Leidenschaft und exotischen Reizen! Ich werde wegfahren und mich von beiden Liebsten zurückziehen."

Bis zum Abend hatte Susza ihre Reisetasche gepackt. Sie warf der Nachbarin einen Zettel ein, den Briefkasten zu leeren und die Blumen einmal die Woche zu gießen. Sie müsse auf eine Arbeitsreise auf unbestimmte Zeit. Nur im Notfall bitte einen Handyanruf.

Gegen Mitternacht läutete es an der Tür. Georg stand vor ihr. Er sah blass aus, und seine Stimme klang belegt und genervt.

„Wir sind gerade zurückgekommen. Marlene möchte dich sehen, es ist sehr wichtig. Bitte komm, das Taxi steht unten."

Marlene geht es schlecht. Mein Gott, vielleicht sehr schlecht. Was mache ich nur? Ich kann sie doch nicht im Stich lassen. Was soll ich tun?

Georg war in die Diele getreten und nahm ihren Mantel von der Garderobe. „Komm, die Zeit drängt."

Susza stolperte an Georgs Seite die Treppe hinunter. In ihrem Kopf pochte es. Ganz bewusst war ihr nicht, was sie tat, was mit ihr geschah. Georg schob sie beinahe grob auf den Rücksitz des Taxis, das sofort losfuhr. Richtung Elisabeth-Platz. Sie sah noch, wie Georg mit großen Schritten davonging.

Sie fuhr mit dem Lift nach oben, wie immer. Marlenes Wohnungstür war angelehnt.

In der Diele brannte nur eine kleine Lampe auf der Louis-Quinze-Kommode. Totenstille in der Wohnung. Sie musste sich fassen, auf alles Mögliche sich einstellen, ruhig bleiben, auch wenn ihr Atem schnell ging.

Sie hängte ihren Mantel an den bronzenen Garderobenhaken. Marlenes Sommerpelz, ein beigefarbener Zobel, hing dort.

„Marlene", ihre Stimme klang kratzig. „Marlene, bist du da, wo bist du?"

Sie horchte und bekam keine Antwort. Alle Zimmertüren waren geschlossen.

Susza begann mit der Küche. Sie öffnete die Tür. Nichts Verdächtiges und niemand. Die Bibliothek, nichts und niemand. Nur im Salon konnte sie sein, vielleicht war sie eingenickt nach der langen Autofahrt von Bayreuth nach München. Susza öffnete die Tür, sie roch Marlenes Parfum; zwei Champagnergläser standen auf dem gläsernen Couchtisch.

Georg und sie hatten sich offensichtlich mit Schampus verabschiedet. Aber wieso diese Panik, dieses Drängen von Georg?

Sie dachte an Flucht. Den Mantel unter den Arm klemmen und weglaufen, erst die Treppe hinunter und dann laufen, laufen, bis ihr der Atem ausblieb.

Marlene war alt, sehr alt, vielleicht lag sie tot hinter einer Tür, und Georg hatte Panik bekommen, Arzt und Ambulanz zu holen. Vielleicht hatten sie sich gestritten und ein Infarkt hatte sie zusammenbrechen lassen.

Susza drückte die Klinke von Marlenes Schlafzimmertür, öffnete sie und trat vorsichtig ein. Schwaches Licht ließ den Raum im Halbdunkel. Marlene stand in der Mitte. Sie trug eine helle Seidenbluse, durch die ihre schönen, weichen Brüste zu sehen waren, die schwarze Samthose, von einem schmalen, silbernen Gürtel gehalten. Die schweren Duchesse-Vorhänge waren geschlossen, das Bett bedeckt wie am Tag.

Susza sah Marlene unverwandt an.

Auf dem runden Mahagonitischchen in der Ankleideecke stand eine Platte mit Canapées, daneben eine Flasche Veuve Cliquot und zwei Gläser.

„Es sind auch Sultansschnittchen dabei, die du so magst", sagte Marlene, „Tausend und eine Nacht", und zeigte auf die silberne Platte. „Creme fraîche, geschnittene Datteln und viel, viel schwarzer Pfeffer." Sie lächelte und warf den Kopf zurück. Susza ging auf sie zu und küsste sie. In ihrer Umarmung berührten sich ihre Brüste und entfachten den zärtlichsten Sex ihres Lebens.

East-coast-crime

Es war jetzt schon das fünfte Jahr, dass Jack das Haus an der Ostküste für sich und Mary gemietet hatte. Es lag oberhalb des Strandes mit Blick auf den Atlantik und war zum Land hin mit einer hohen Mauer aus weißgetünchten Ziegeln geschützt. Außer ihnen gab es noch die schwarze Dogge Hitch. „Beware of Dog!“, erklärte ein großes Messingschild an der Toreinfahrt.

Gut und konzentriert konnte Jack hier schreiben. Sein Serienkrimiheld Eric Norderson, den er zwanzig Jahre nach der Trennung von Woody Allen und Mia Farrow erfunden hatte, würde hier an der East Coast wieder einen neuen Fall lösen.

Das bedeutete für Jack erfinden, plotten und ausarbeiten und sehr viel Geld mit dem neuen Buch verdienen, auf das seine Fans warteten.

Mary war in diesem Jahr drei Monate als Model für die Witherspoon Cosmetics unterwegs gewesen. Vorher hatte sie erfolgreich in Paris gearbeitet, sodass ihre Börse auf dem Markt der Schönheiten stark gestiegen war. Wenn sie sich wochenlang nicht sahen – sie besaßen ein gemeinsames Apartment in Manhattan – telefonierten sie dreimal die Woche zu festen Zeiten, und auch ihr Sex am Telefon war eingespieltes Ritual. Brandlöschung, ihr Kennwort.

Mary bevorzugte die Farbe orange, und so liebte sie auch orange Bettwäsche. Mary lag jetzt am fünften Tag nach ihrer Ankunft rücklings auf einem orangefarbenen Betttuch.

Ihre langen, karottenfarbenen Haare umrahmten ihren Kopf, die weiße Haut leuchtete. Jack kniete in Beckenhöhe über ihr, sein Glied, nicht erregt, aber groß, fiel auf ihren zarten Busch. Die unzähligen, winzigen Sommersprossen zwischen ihren Brüsten – was machte diese East Coast-Sonne nur mit ihnen! – ließen Jacks Lust steigen.

Sie zog ihn mit seinem mächtigen Körper nach vorne. Er umfasste beide Brüste von Mary, nahm sie in seine großen Südstaatlerhände, presste sie, sodass die rosafarbenen Nippel zwischen Zeige- und Mittelfinger herausstießen. Sein Geschlecht machte sich auf Marys Scham selbstständig.

„Wenn du mich verlässt, schneide ich dir beide Brüste ab!“, stieß Jack mit rauer Stimme hervor.

Mary klappte nicht einmal ein Augenlid auf und begann ihr Becken langsam und rhythmisch zu bewegen.

„Das wird allerdings teuer für dich, ein Brustaufbau kostet bei Professor Silverstone 100.000 Dollar.“

Jack zerrte an Marys Brüsten. Sie schrie auf vor Lust und Schmerz.

Die Vorstellung, diese Frau zu verlieren und auf den großartigen Sex verzichten zu müssen, machte ihn halb wahnsinnig.

Jack fühlte das geschmeidige Fleisch in seinen Händen und knetete es voll Inbrunst immer wieder, sodass ihn seine Fantasie aus der Wirklichkeit herauskatapultierte.

Lust und Aggression steigerten sich weiter, und er vertauschte seine Identität mit der von Jack the Ripper.

Ein diabolisches Grinsen breitete sich über sein Gesicht, Speichel lief ihm aus dem Mundwinkel und kalter Schweiß über Stirn und Gesicht. Das blutbeschmierte Messer lag neben ihm.

Das orangefarbene Leintuch unter der Frau verwandelte sich in ein intensives Rot, das nur frisches Blut auf feiner Baumwolle erzeugen konnte. Jack starrte unter sich, starrte lange, bis ihn blankes Entsetzen erfasste, auf der Grenze von Traum und Wirklichkeit.

Sein Gefühl ungesteuerter männlicher Macht wandelte sich in den Zustand von Panik. Sein Atem keuchte, der Herzschlag schien seinen Brustkorb zerreißen zu wollen.

Was sollte er jetzt tun?

Brustlos lag sein Opfer, seine Frau, vor ihm. Es war eindeutig Mord, ein bestialischer, neurotischer, kannibalischer Mord! Er war Jack, der Mörder!

Wie sollte er mit der Leiche unbemerkt das Haus verlassen? Wohin damit? Jack schwitzte am ganzen Körper. Er versuchte sich zusammenzureißen.

In seiner Not fiel ihm Eric Norderson ein. Was würde sein Serienheld tun? Der hatte doch immer eine Lösung gefunden. Aber nicht als Mörder! Das war auch für ihn, den taffen Polizisten, eine völlig neue Lebensprüfung.

Nackt saß Jack auf der Kante des Bettes. Die große, dickliche, jammernde Gestalt eines Mannes in besten Jahren. Der Mond beschien die zwei handgroßen Busen, die Jack vor sich liegen glaubte. Er sah sie, obwohl es ja nicht möglich sein konnte. Es graute ihm.

Was war Fantasie, was war Wirklichkeit? Es wirbelte in seinem Kopf. Mary lag brustlos auf dem Bett, und Jack begann zu weinen. Er schluchzte und schaute und schluchzte, bis ihm die Nase zu laufen begann.

Was sollte er bloß mit den Dingern in seiner Hand machen? Schließlich roch er an ihnen, was ihn zu noch heftigerem Weinen brachte; der Geruch erinnerte ihn daran, wenn er Mary an ihren Tagen besonders lustvoll nahm.

Die Sonne war endlich aufgegangen, und Jack hörte in der Ferne das Anbranden riesiger Wellen. Wo befand er sich? Er fühlte sich auf- und niedersinken wie ein ruderloses Boot, das vom Wellenkamm in die Tiefe stürzte und erneut in die Höhe getrieben wurde. Ihm schwindelte, bis sein Magen sich an diese elende Schaukelbewegung gewöhnt hatte. Er kam zurück, er kam in die Wirklichkeit. Er saß auf der Bettkante und fragte sich: „Bin ich pervers?", aber er schob diese Frage gleich wieder von sich. Er begann sich vielmehr an dem aufsteigenden Gefühl zu ergötzen, als Schriftsteller eine solch schräge, außergewöhnliche Fantasie zu besitzen.

„Hi, Norderson, alter Kumpel", lachte er auf, „solch ein aparter Mord ist mir in meinen bisherigen Büchern noch nicht eingefallen. Kannst mir richtig dankbar sein, du schwedischer Wahrheitsapostel! Wenn du den Mörder erwischst, wirst du von deinen Lesern gefeiert."

Als Jack sich vom Bett erhob, stand sein Geschlecht steil aufgerichtet. Er war wieder Jack, der berühmte und coole Krimi-Autor, der alles im Griff hatte.

Mary hatte sich im Schlaf auf die Seite gedreht und streckte ihm ihr herrliches Hinterteil entgegen. Sie empfing die Explosion seiner Lust und antwortete mit einem beglückten Schrei. Hitch kratzte an der Tür und jaulte bis in den späten Morgen.

Die lustige Witwe

Die Trauer einer Witwe wird durch zwei Dinge in ihrem Single-Leben gemildert. Ein prall gefülltes Bankkonto und ein neuer Liebhaber. Beide, nach einer Anstandszeit des Trauerns natürlich, schaffen Trost und Spaß. Einer Witwe, die sich in dieser Situation nicht zur Hedonistin entwickelt, ist nicht zu helfen. So glaubt man, aber das Schicksal, auch das einer Wittfrau, geht seinen eigenen Weg.

Marie lebte am Stadtrand einer mittelgroßen Stadt im Württembergischen. Ihr Mann Paul besaß eine Fabrik für solide Stoffe und gut zwei Jahre bevor er starb, verkaufte er den florierenden Betrieb an einen chinesischen Kaufmann, einen Heuschreck, um sich mit Marie das Leben zu verschönern, vor allem aber um zu reisen.

Weihnachtsshoppen in New York, Karneval in Rio, Kreuzfahrten de Luxe bis in die Antarktis, Schlittenfahren in Aspen, kulturelle Events rund um den Globus. Sie schwelgten zweiundzwanzig Monate im Planen und Ausleben ihrer Reisegelüste. Rauschhaft könnte man ihren Zustand nennen, und ein solcher erzeugt bekanntlich auch Stress.

Als Marie ihren Paul vor der Abreise zu einer Wellnesswoche in Carnac morgens im Bad tot auffand, war ihr Schmerz unermesslich.

Sie brachte den guten Ehemann mit würdevollem und christlichem Ritual unter die Erde. Die Reiseprospekte verbrannte sie im Kamin der Wohnhalle. Das war sie ihrem Mann schuldig. „Ach, Paulchen, du fehlst mir so“, murmelte sie wochenlang vor sich hin. Wie groß ihr das Haus mit einem Mal vorkam.

Sie kleidete sich in Gil Sander, in Schwarz. Nach drei Wochen wechselte sie in Dunkelblau. Schwarz betrübte sie einfach zu sehr.

„Ach, Paulchen!“

Zur Ablenkung arbeitete sie vormittags in einer Apotheke und verbrachte den übrigen Tag mit Alltagsritualen, entstaubte mit der Haushaltshilfe alle Zimmer, den Keller und Dachboden. Schmiss alte Schulhefte weg, an denen sie so gehangen hatte, Fotos aus der Jugend und schließlich sogar solche, auf denen sie mit Paul glücklich lächelte. Eine bunte Fotografie, auf der Paul etwa fünfundvierzig Jahre alt war, ließ sie vergrößern und stellte sie silbergerahmt auf den Sekretär im Wohnraum. So wollte sie Paul im Gedächtnis behalten. Aber Paul, der alte Paul, ging ihr nicht von der Seite, ein Jahr und fünf Monate.

Am letzten Tag des fünften Monats im zweiten Jahr wachte sie morgens in ihrem Bett auf und stutzte.

Sie streckte sich aus, zog die Knie hoch und warf die Beine parallel auf die Matratze. Was war heute anders?

Oh, ... der Schmerz um Paul war verschwunden. Angestrengt horchte sie in ihren Körper. Sie fühlte genau, da war keine Trauer mehr.

Sie atmete tief durch, blieb ruhig liegen, schloss die Augen und spürte, wie sich ihre Mundwinkel so sanft, so freudig nach oben zogen, dass ein leises Kichern in ihr aufstieg. Es weitete sich zu einem Gefühl von Freiheit und Freude. Sollte sie sich dafür schämen? Schämen, dass die Trauer verschwunden war?

Nein, Paulchen war plötzlich weit weg und gleichzeitig doch nah; so, als wäre ein Zustand eingetreten, den sie mit dem toten Paul für alle Zeit behalten könnte. Am liebsten hätte sie sich bekreuzigt, so feierlich empfand sie ihren Zustand.

Sie entschied sich aber, erst einmal aufzustehen, das Badritual zu absolvieren und beim Frühstück die Termine des Tages abzusagen. Sie ging durch das Haus – durch Pauls und ihr Haus – und sah es neu. Paul war gegangen, und sie war da.

Ihr Herz schlug schnell, ja, es hüpfte fast, als sie auf die Terrasse im ersten Stock trat und in die hügelige Landschaft schaute, die mehr Himmel als Erde zu haben schien. „Ich lebe, ich lebe", – spürte sie in ihrem ganzen Körper.

Sie hatte ihre Schuhe ausgezogen, ohne es zu merken und kicherte vor sich hin wie mit fünfzehn, als sie sich spät abends aus dem Haus der Eltern geschlichen hatte.

Marie setzte sich im Wohnzimmer auf Pauls Platz, schloss die Augen.

Jetzt muss es sich doch wieder in mir breit machen, jetzt musste die Traurigkeit doch wieder aufkommen?!

Die Erinnerung an Paul, an seine lustigen Augen, seine witzige, graue Tolle über der Stirn. Marie sah Paul vor sich, er ging durch den Raum, schenkte ihr einen Grappa ein, kam näher und küsste sie auf die Wange. Sie spürte diesen Kuss, und es war schön. Marie öffnete die Augen, öffnete alle Fenster und die Türen in den Garten. Ihr war, als fegte ein warmer Wind durch das große Zimmer, der sie umwirbelte und ins Freie hinausflog.

Ach, Paul, mir geht's wieder gut, und das sollst du als Erster erfahren!

Diesen letzten Abschied von Paul spürte sie körperlich. Ihre Haut hatte sich wohlig erwärmt, ihr Schritt ging leicht, und ihre Lippen lächelten entspannt.

Nach dieser Initiation zu einem neuen Leben dauerte es noch einige Zeit, bis Marie wusste, mit ihrer neuen

Freiheit umzugehen. Sie reduzierte ihre Stelle als Apothekerin auf zwei Vormittage die Woche und kümmerte sich um die Reaktivierung von Körper und Seele. Massage, Thai Chi, Walken und Meditation.

Als ihr Steuerberater Hubert sie besuchte, sah er, während er neue Finanzanlagen vorschlug, auf ihre gebräunten, nackten Beine. Nicht nur leichte Verwirrung, sondern vor allem Wohlgefühl stiegen in ihr auf. Während der Arbeit in der Apotheke trafen sie plötzlich die Blicke der männlichen Kunden und sie bekam Lust, mit einem Mann zu schlafen. Aber damit hatte sie seit einigen Jahren ein Problem. Paul, der gute, hatte sich damit abgefunden. Sie vertrug es nicht, wenn er in sie eindringen wollte. Sie verspürte beim sexuellen Akt Schmerzen. Warum sie sich keine Hilfe geholt und angewandt hatte, konnte sie sich – sie war doch Apothekerin – nicht erklären. Rückblickend psychologische Gründe in einer Ehestörung zu suchen, fand sie sinnlos.

Am Tag ihrer Erkenntnis, dass die lustlose Zeit vorbei sein musste, besorgte sie sich in vier entfernt gelegenen Apotheken die höchstdosierte Östrogencreme. Sie kaufte Klinikpackungen. Die erste Tube verwendete sie zum Selbstversuch, wie Mediziner und Wissenschaftler es im letzten Jahrhundert gewagt hatten. Ihr Schwiegervater hatte ihr die Geschichte vom ersten Herzkatheter erzählt, den sich sein Lehrer an der Düsseldorfer Universitätsklinik ohne Narkose in die Hauptschlagader bis zum Herzen geschoben hatte.

Marie kompensierte die Wirkung des Hormons mit Joggen und dreifachem Saunagang, vor allem aber mit Handanlegen. Sie betrachtete sich im Spiegel und gefiel sich. Außerdem war sie vermögend, eine reiche Witwe. Sie entschloss sich zu Sex mit einem Mann. Mit Paul war es Liebe, und das war vorbei. Aufgrund dieser Erkenntnisse dachte sie an Hubert. Er gefiel ihr und sie ihm auch, wie Blicke und Komplimente ihr signalisierten. Sie bestellte ihn zu einem Gespräch über Geldanlagen, das beide bald auf erotisches Terrain führte. Huberts Aktien stiegen von Mal zu Mal, wenn sie sich nun jeden Dienstag um einundzwanzig Uhr bei ihr zusammenfanden.

Stadtrandlagen besitzen große Anonymität, was Maries Plänen entgegen kam. Das Benützen der Gleitsalbe schien bei Marie Jahre des Nachholens sinnlicher Freuden hervorgerufen zu haben. Nach Hubert lud sie ihren verwitweten Chef ins Haus – er dankte ihr sehr. Aus der Vorstadt klopfte der Masseur bei ihr an, und zuletzt gesellte sich auch der Ehemann von Agnes zu ihr.

Marie führte Buch über die Termine. Für ihren Konsum an Gleitsalbe musste sie schon bald in der nächsten Großstadt für Nachschub sorgen.

Sie genoss ihren Spaß, brachte die Termine mit den Männern manchmal durcheinander, die nichts von der Liebhaberexistenz des anderen wussten, bis das Unglück in ihr hedonistisches Witwenleben einschlug.

Der Masseur war der erste der Liebhaber, der sich vor ihr weder Hemd noch T-Shirt ausziehen wollte. Eine Spinnerei, dachte sie. Als eine Woche später jedoch Hubert und ihr Chef und zuletzt Agnes' Mann sich nur noch im Dunkeln und mehr oder weniger angezogen dem gemeinsamen Sex hingeben wollten, bekam Marie Bedenken, ja, Angst. Was war da los mit den Männern? Lag es an ihr? Was sollte sie tun?

Die Antwort fand sich, als Hubert Maries Liebesleben durch einen Detektiv beobachten ließ. Er hatte sich in die erotische und liebesbereite Wittfrau verliebt.

Als Marie einmal im Badezimmer verschwunden war, um sich an der Lustsalbe neu zu bedienen, schnüffelte

Hubert in ihrem Notizkalender, den er unter der Nachttischlampe entdeckt hatte. Nachdem er nun die Beweise geliefert bekommen hatte, nicht der einzige Mann in Maries Leben zu sein, plante er Rache.

Der Anblick seines nackten Oberkörpers drängte ihn zu schnellem Handeln. Er lud den Masseur, Agnes' Ehemann und den Apotheker in einem feinfühligen, diskreten Brief zu einem abendlichen Treffen im Hinterzimmer des Gasthauses „Zur Traube" ein. Alle kamen. Hubert, der Unternehmens- und Steuerberater, sprach die anwesenden Herren so überzeugend an, dass alle sich nach einer turbulenten Aussprache erlöst und freundschaftlich umarmten und mit dem Bierglas zuprosteten. Das Fazit: Sie saßen alle vier im gleichen Boot männlicher Not. Sie schwankten zwischen Hilflosigkeit und Rache. Mord an der schönen Marie hatten sie allerdings alle einmütig abgelehnt.

Um dreiundzwanzig Uhr griff Hubert zum Handy und rief Marie an. Sie möge in die „Traube" kommen, ins Hinterzimmer. Marie – in freudiger Erwartung – verwendete die Creme sehr üppig.

Sie betrat das Hinterzimmer. Vor ihr standen die vier Liebhaber. Ihre Oberkörper waren nackt, und aus diesen wuchsen je zwei pralle kleine Brüstchen. Sie hielten ihre Brüste in den Händen, die Warzen in Schussrichtung auf sie.

Der Anblick verschlug Marie den Atem. Ihre Knie wurden weich, Schweiß lief ihr den Rücken hinunter. Vier Männer mit Brüsten?! Hands up! Sie schloss die Augen. Es raste in ihrem Kopf, während die Männerriege sie scheinbar zu erschießen drohte.

Der Masseur platzte heraus: „Schau uns an, was du mit uns gemacht hast!"

„Du hast uns entmannt!"

Marie versuchte zu weinen, merkte aber, dass das die falsche Reaktion war. Sie musste scharf nachdenken. O Gott, die Creme, die Gleitcreme, die Mengen, die sie täglich benutzt hatte.

Verzweifelt blickte sie den Apotheker an, denn der hätte doch wissen müssen, was das weibliche Hormon bei Männern bewirken konnte.

Die Männer hatten sich wieder angezogen und hockten nun mit hängenden Schultern am Tisch. Marie ergriff das nächststehende Bierglas und nahm einen tiefen Zug. Schweigen in der Runde.

„Nie mehr", murmelte Hubert mit kratziger Stimme.

„Nie mehr mit dir", schloss sich Agnes' Mann an und schlug mit der Faust auf den Tisch. Der Masseur zeigte ihr den Stinkefinger.

„Du hast uns gedopt", rief der Apotheker anklagend, „zu Frauen gedopt! Testosteron hätten wir dir reinstecken sollen, das wäre die angemessene Rache!"

Aus ihm sprach der Naturwissenschaftler, aber jetzt war es dafür zu spät. Die drei anderen Liebhaber zuckten resigniert mit den Schultern.

Marie fasste sich ans Kinn und meinte, bereits kleine Bartstoppeln zu spüren. Ihre Stimme rutschte eine Quart tiefer, als sie loszustottern begann:

„Ich versteh euch ja, aber – glaubt mir – als ich euch so oben ohne da stehen sah – mit euren Busen und unten, eure tolle Männlichkeit, ich hab's vor mir – das sah richtig scharf aus" –

„Jetzt machst du dich auch noch lustig über uns!", empörte sich der Masseur.

„Nein, nein – ihr wisst doch in Griechenland, die Hermaphroditen – sie waren Götter – umschwärmt" –

Marie merkte, dass sie erneut die falsche Richtung eingeschlagen hatte.

Die Männer begannen, sie zu beschimpfen und wurden ausfallend. Die Worte Anwalt – Prozess – Schmerzensgeld flogen durch den Raum.

Marie schluckte mehrmals und senkte die Augen. Sie musste sachlich werden. Ein konkreter Vorschlag, das war es, was Männer überzeugte.

Ganz leise begann sie zu sprechen und setzte hinter fast jedes Wort eine Pause:

„Es wird wieder vergehen, glaubt mir. Der Körper stößt die Hormone ab! Habt bitte Geduld! Geht zu den besten plastischen Chirurgen, am besten in die Schweiz oder in die Vereinigten Staaten. Wohin ihr wollt. Man kann eure Brüstchen absaugen. Wenn sie zu kleinen Tabaksbeutelchen zusammen schrumpfen, wird der Chirurg eure flache Brust wieder herstellen. Die Rechnung schickt an mich."

Marie schaute in die weit aufgerissenen Augen der Männer.

Nun fing Agnes' Ehemann laut und hysterisch an zu weinen, zu schluchzen und klammerte sich an Huberts Oberarm. Die übrigen Männer starrten ihn an:

„O, mein Gott, jetzt hat's ihn wirklich erwischt. Er wird zur Frau! Die heulen auch immer gleich los ..."

Alle umringten das weinende Opfer.

Marie nutzte das aufgeregte Durcheinander unter den Männern und verschwand in der Nacht der Württembergischen Kleinstadt. Marie verkaufte innerhalb kurzer Zeit ihr Haus und zog an einen weit entfernten Ort. Vorher überwies sie jedem ihrer Liebhaber eine beträchtliche Summe. Sie war ja schließlich eine anständige Frau.

Holz vor der Hüttn

Oberdittlfing, ein bayerisches Dorf mit Kirche und Zwiebelturm, liegt zwischen Würmsee und Ammersee. Die Turmuhr schlägt vier Mal in der Stunde. Die Häuser an der Dorfstraße und verstreut neben Wiesen und Äckern, sind sauber verputzt. Lüftlmalerei schmückt die Häuser der Reichen.

Die Balkonkästen quellen in den Sommermonaten über von Blumen, Begonien, Hängefuchsien, Bauernnelken, hybride Fantasien der Bäuerinnen und Dorffrauen. Eine Freude für Sommerfrischler und Touristen, fotografierende Japaner eingeschlossen. Außer der Kirche ist der Maibaum der Stolz der Oberdittlfinger. Haben sie doch so fesche und starke Burschen im Dorf, dass sie im letzten Mai wieder den Raub ihres Maibaums durch die Unterdittlfinger zu verhindern wussten.

Karli, der dreiundzwanzigjährige Sohn von Karl, dem Wirt des Gasthauses „Zur Schmiede", macht seinen Ahnen – gestandene Handwerker – alle Ehre. Wo er hinschlägt, wächst kein Gras mehr, das heißt, auch Nasenbeine, Kinnladen und der Nackenbereich eines Mannes, der ihn zu sehr ärgert, werden platt gemacht, wenn's nötig ist.

Abends hilft Karli am Tresen des väterlichen Wirtshauses, denn eigentlich ist er ein lieber Kerl. Er schenkt Bier aus, literweise. Helles, Weißbier, selten Pilsener. Der Maßstrich am gläsernen Krug wird immer um ein Zehntel unterschritten, und das lohnt sich bei dem Durst der Gäste. Mit der Brauerei stehen Karl und Karli sich gut.

Dass das Bier heute in Metallfässern geliefert wird und nicht mehr in Holz, findet Karli normal, für seinen Vater ist es ein echtes Verbrechen.

Der Stammtisch füllt sich am Freitagabend schnell. Sepp, der Austragsbauer vom Gleuberhof, Martl vom Reiterhof, Josef, der den Rewe-Laden führt, und Doktor Bichelmeier, der Tier und notfalls Mensch wieder gesund macht. Die hocken bald beisammen und trinken die erste Maß, schnell, weil die gar so gut schmeckt.

Karli bringt auch den Schweinsbraten mit Kartoffelknödel, die Haxn mit Kraut und den Obatzten, eingerahmt von frischen Zwiebelringen.

„Prost allesamt und an Guadn!"

Karl, der Wirt, sitzt wie immer am Kopfende des langen Holztisches. Da hat er die Kontrolle über sein Gasthaus und auch über die Stammtischrunde. Seine Spezln stehen für Freundschaft und Geschäft. Was man in der Stadt Netzwerk nennt, wird hier am Biertisch geflochten. Martl will seinen Reiterhof erweitern und dem Sepp ein Stück Land abkaufen. Der Doktor sucht für seine leicht zurückgebliebene Tochter eine Stelle als Verkäuferin im Rewe-Markt.

Karl hört den Gesprächen heute nicht zu, er wartet auf das Marei. Das Marei, die Erbtochter vom Göttnerhof, auf die ist der Karl nämlich scharf. Das Marei wäre eigentlich was für seinen Sohn Karli, aber Frischfleisch, so sagt der Karl in die Runde, das brauchen die gestandenen Männer, so wie sie welche sind.

Karl schaut in die Runde und schlägt sich auf die Schenkel. Alle um ihn lachen laut und nicken. Ihre Weiber zu Haus', die sind schon ganz schön abgestanden.

Beim Volkstanz ist das Marei die Wildeste. Und wenn sie sich mit dem Karli, dem Waller Franz oder dem Otti junior dreht, in der Taille biegt und ihr hinternlanger, geflochtener, haselnussbrauner Zopf durch die Luft fegt, dann stehen der Karl, der Martl und all die gestandenen Männer an die Wand gelehnt, und ihre Freude rutscht in die strammen Lederhosen.

Mareis schwarz-braune Augen glänzen wie die eines Fuchses, und ihre blütenweißen Zähne blitzen zwischen ihren naturkirschroten Lippen.

Aber nichts reißt dem Karl so an Herz, Nieren, Verstand und Geschlecht wie der göttliche Busen der Marei. Das Weib ist groß und doch nicht zu sehr, hat Schultern und doch nicht zu breite, hat ein gerades Kreuz wie eine Tambourmajorin im Fasching und davor, davor schweben ihre apfelprallen Brüste. Wahre Lustknollen. Selbst im Kino hat Karl so was Schönes noch nie gesehen.

Das Marei gehört niemandem im Dorf, und deswegen will sie jeder haben. Alt oder jung. So munkelt man hier heimlich im Land der wenigen Worte.

„Was starrst'n so in d' Luft, Alter?"

Otti stößt den Karl in die Seite, weil der ihm nicht geantwortet hat.

„Sag halt, wer übermorgen spielt – beim Volkstanz – die Sagerer Buam oder der Moshauser Toni und seine Leut'?!"

„Lass mir mei Rua, frag den Karli, der hatt's g'richt. Du Bazi!"

Karli bringt seine letzte Runde Bier für heute. Sein Gesicht schaut angespannt. Wenn er doch endlich wegkäme. Die Alten haben immer solch ein Sitzfleisch beim Bier. Otti schlägt ihm heftig aufs Kreuz.

„Bist bald der Chef hier, Burschi, wennst weiter so guad die Gäst' versorgst."

„Jetzt hob' i Schluss für heit' – der Pappa werd's scho richten für eich. Abrechnen tut 's die Traudl an der Kassa vorn. Servus beinand!"

Und weg ist er, der Karli. Die Stammtischbrüder hören das laute Röhren seiner BMW-Maschine.

„Der Bub fährt auf Minga – da ist halt was los für die junga Leit'!"

Die alten Männer nicken. Umsonst hat der alte Karl gewartet. Das Marei kommt heute nicht, aber am Sonntag beim Volkstanz wird er sie wiedersehen.

Er erhebt sich schwerfällig und bedient nun seine Spezln, die jetzt eine Runde Schafkopf beginnen wollen. Dazu hat Karl sowieso keine Lust. Warum er nur immer an den Busen der Marei denken muss? Er kommt nicht mehr weg von dem Bild.

De siaßn Dutteln unter ihra Blusn! Aus dem hellblauen Dirndl, aus dem Ausschnitt, hat die sie so aussipresst, dass sie fast naus'sprunga san, wie's 'tanzt hat.

„Apfelkücherl sans, mit Zimt und viel Zucker. Zum Schlecka siaß. Tag und Nacht würd' i an dene Titterl hängen. Paradiesapferl, zum Neibeißen, zum Zuzln. O Himmel, mei Hosen platzt. Wenns bloß koaner sigt!"

So tobt es im alten Karl. Er stellt sich hinter den Tresen und presst seine Oberschenkel gegen die kalte, eiserne Umrandung. Denk an a koide Duschn, Karl! An die greislige, bucklige Zimmerin, an dei oide Muatta!

Zum Glück, es hilft, die Natur kann auch betrogen werden. Übermorgen wird er's angehen, das mit der Marei muss er versuchen. Das ist sein Schicksal. Das spürt er genau. Er hat dem jungen Weib doch was zu bieten!

Am Sonntag geht Karl sogar ins Hochamt. Und zur Kommunion. Er braucht den göttlichen Segen. Ohne den und vor allem ohne den von der Mutter Maria geht in Bayern nichts. In den Schwaden des Weihrauchs wird ihm etwas flau. Ob er sich hier die richtigen Verbündeten ausgesucht hat? Karl sitzt in der Bank auf der Seite der Männer, die Frauen auf der anderen schauen wie brave Lämmer in Richtung Altar. Ob das Marei auch unter ihnen ist und betet? Das Madl hat sicher nichts zu beichten, so lieb wie's immer schaut! Bei dem Busen wäre Jesus sicher auch schwach geworden, zumindest wäre er gestrauchelt und hätte das Marei zur Maria Magdalena erwählt. Bei der Kollekte lässt der Schmied-Wirt zwanzig Euro in das Körbchen fallen.

Karli ist am Sonntag erst gegen drei Uhr nachmittags aus seinem Zimmer gekommen. Hatte zwei Paar Weißwürste aus dem heißen Sud im Topf in der Küche verdrückt; er hat wohl nicht gemerkt, dass es nach zwölf Uhr Mittag war. Traudl legt ihm die Abrechnung des vorgestrigen Abends vor. „Passt scho, passt scho" – und weg ist der Juniorchef.

Vater Karl macht sich schön. Endlich der ersehnte Sonntag! Auf geht's zum Volkstanz. Auf geht's zum Marei! Seine bestickte Hirschlederhose, die er sich auf den Körper hat schneidern lassen, sitzt perfekt. Selbst das leinerne Hemd mit den Biesen auf seiner Brust und einem Hirsch in der Mitte ist handgenäht und handbestickt. Alles vom Feinsten und original. Karl nimmt sein prächtiges Charivari aus der großen Schatulle, ein Erbstück von seinem Vater. Die Silberanhänger klimpern an der schweren Kette, die er rechts und links vor seinem bestickten Hosenlatz festmacht. Mit einem Griff, er ist ein Könner!

Die Trachtenstrümpfe, die Haferlschuh, der schwarze Janker. Karl schaut in den Spiegel, schiebt sein mächtiges Kinn vor und grinst: „Sakrisch guat!" Die silberne Schnupftabakdose wird gefüllt und etwas Blue Water auf die Wangen gespritzt. Was sollte jetzt noch schiefgehen?

Er fühlt sie schon: Mareis schmale Taille und darüber die pralle Balkonfüllung für seine Lust. Er hält sie schon fast in seinen Händen, spürt der Hitze zwischen den Brüsten begeistert nach. „Holz vor der Hüttn hat die Kloane und was für a Holz!“, lacht er siegessicher.

Die Wiesen vor seinem Schlafzimmerfenster stehen voll knallgelbem Löwenzahn. So fühlt er sich jetzt: wie ein Löwe, der in die Arena einzieht und seinen steilen Zahn an sich reißt, Mareis Körper vor seiner breiten, behaarten Brust und seine Hände auf ihrem göttlichen Hintern. Ist er nicht um so viel Glück zu beneiden?

Karl verlässt das Zimmer und hört bereits die Musik aus der Wirtsstube, die heute für den Volkstanz aufspielt. Ein Landler müsste es sein, den hat er früher gut getanzt. Was heißt früher?

Auf der obersten Stufe der Treppe hält es ihn nun doch eine geraume Zeit fest. Er konzentriert sich auf die Musik – jetzt singt das Tänzervolk und scharrt über den Holzboden – ein Zwiefacher erklingt. Nichts wie rein. Nichts wie rein. Marei! Wo steckt das Madl, dass ich's packen kann? Dei Haselnußäugerl, dei lange Haar, mei Busen-G'schöpferl!

Karl öffnet mit Schwung die Tür zur Wirtsstube. Laute, herzrhythmische Musik, gesungene Wortfetzen bayerischen Volksgutes und Hitze aus allen Poren der tanzenden Paare strömt ihm entgegen. Der nächste Tanz gehört ihm. Zwei Schritte vor. Er stockt.

Karli und Marei umringt von Franz und Otti und Otti Junior und Traudl und all den Maibaum-Burschen und Oberdittlfinger Madln. Sie stehen in der Mitte der Tanzfläche.

Karli hat das Marei vor sich stehen, mit beiden Händen umfasst er ihre Wespentaille und küsst sie. Die Streicher und Bläser, die ganze Musikkapelle, lässt ihre Tanzmusik in einem Tusch auf das Liebespaar bajuwarisch jubilieren.

Inferno bavarese

Der kleine See ist vom Himmel gefallen. Mitten in Bayern. In den Wochen im Sommer ist man dort fast ganz allein, und am Wochenende steigen die vorbeifahrenden Radler in Scharen vom Sattel, tauchen in das moorige Nass, drehen eine Runde, lassen sich von der Sonne trocknen und sind bald wieder verschwunden.

Lollo und Franz haben dieses Erlebnis in ihrer Kindheit und Jugend oft miteinander geteilt. Jahre sind seitdem vergangen.

Lollo war nach der Schulzeit zu Tante Elfi nach Berlin gezogen, hatte dort eine Fotografenlehre absolviert. Fotografierte heute Architektur. Mit dem Hof der Eltern hatte sie nie etwas anfangen können, noch weniger mit den Spannungen zwischen Vater und Mutter. Seit ihrer Firmung spürte sie, dass es zwischen den Eltern nicht stimmte.

Jetzt, zum 50. Geburtstag ihres Vaters, reiste sie mit Tante Elfi, Mutters Schwester, in ihren süddeutschen Geburtsort. Der Hof stand auf einem Hügel in Grün und Rapsgelb, vor dem Hintergrund einer hohen Gebirgskette, deren Namen sie vergessen hatte. Von den Balkonen prangte ein Blumenmeer und hängendes Grün.

Dahoam is dahoam, murmelte Tante Elfi, und sie stellten ihre Taschen vor die Tür. Der laute Schlag der Kofferraumklappe war auch im ersten Stock zu hören, das Fenster öffnete sich. Es war die Mutter, die rief:

„Wen sehe ich denn da? ... Mit euch hätt' ich wirklich nicht gerechnet!"

Aus dem Schuppen eilte der Vater herbei:

„Die Preißn, mein Gott, die Preißn kommen!"

Die breite Brust des Vaters schien Lollo bei der Umarmung einzusaugen, sodass ihr halb wohl und halb elend zumute war.

„Hast ja morgen schließlich einen großen, runden Geburtstag", lachte Lollo ihm zu.

Mutter kam mit Franz aus der Eingangstür. Ihre Haare waren hoch getürmt und über den Ohren hingen einige Löckchen fast bis auf die Schultern. Sie trug knappe Jeans und ein ausgeleiertes kurzes T-Shirt, das bei jeder Bewegung ihre Haut zum Vorschein brachte. Die Mutter streckte ihr die Hand entgegen, zog die Tochter aber dann doch heftig an sich. Hinter ihr stand Franz, und Franz grinste.

Was machte der denn hier? Lollo schob ihr Erstaunen schnell von sich und trat in die Vertrautheit des Hauses. Die dunkelbraunen Holzbohlen knarrten wie früher, und der Geruch der Stube erinnerte sie sofort an den von modrigen Äpfeln.

Wenn sie auch die Atmosphäre des Hauses gleich wiedererkannte, schien ihr die Umgebung entrückt, als befände sie sich auf einer vertrauten Bühne. Zwitterwelt, dachte sie und plante, diese Nähe und das Fremdfühlen mit ihrer Kamera einzufangen. Als sie sich umsah, bemerkte sie, dass Franz die Mutter an der Hüfte berührte. Vertraut.

Lollo lebte schon lange in Berlin und es interessierte sie kaum, was sich hier in ihrem Elternhaus abspielte.

Franz trug die Taschen von Lollo und Elfi die Treppen hinauf.

„Wo sollen die Mädels denn schlafen", rief er über die Balustrade.

„Im hinteren", rief die Mutter zurück.

„Wieso nicht bei mir? Was habt ihr denn mit meinem Zimmer gemacht?"

Lollo staunte nun doch, dass man ihr Mädchenzimmer zur Sauna umgebaut hatte und sie und die Tante in dem ehemaligen Schlafzimmer der Großeltern übernachten sollten.

Elfi war mit der Mutter in der Küche verschwunden, und Lollo hörte sie leise tuscheln. Sicher tranken sie einen Enzian zusammen, so wie früher. Elfi lebte schon sehr lange ein der Familie fremdes Leben in Berlin, und die Schwestern suchten kaum Kontakt. Mutter hatte ihr schon als Kind erzählt, ihre Schwester hätte über Nacht das Dorf verlassen. Sie war kaum zwanzig damals. Elfi sprach nie darüber.

Das riesige Bett der Großeltern. Braunes mächtiges Holz, hochbeinig. Das weiße Bettzeug auf aufgeplusterten Daunen sah wie drapiert aus, stolz und unheimlich. Die Vorstellung, in diesem Bett schlafen zu müssen, zog ihr den Magen zusammen. Sie öffnete das Fenster und rauchte eine Zigarette. Warum war sie überhaupt hierher gefahren? Sie hätte Vater doch einen Gutschein für sein Jagdgeschäft in München schenken können. Eine neue Jagdflinte oder ein Fernglas. Elfi hatte sie unter Druck gesetzt, wollte unbedingt zu Vaters Geburtstag fahren. Das wird ihn freuen, wenn wir beide – die Berlinerinnen – sich zum Jubelfest einschleichen, drängte sie immer wieder. Sie hätten etwas Wichtiges zu bereden!

Die warme und klare Luft wehte Lollo entgegen, und sie atmete tief ein, sodass ihr weit ums Herz wurde. Seltsam, wie sie diese Landschaft, das pralle Grün der Wiesen, das leuchtende Gelb des Rapses hatte vergessen können. Franz erschien vor ihr, der Franz von damals, als er ihr auf dieser Wiese entgegengelaufen war und sie sich in der Scheune versteckt hatten.

„Franz war mein erster Schatz", kam es leise lachend aus ihrem Mund, als Elfi in der Zimmertür erschien und fragte, auf welcher Seite sie schlafen wolle.

„Franz, du hast Franz gesagt? Ist es dir auch aufgefallen? Deine Mutter und Franz?"

Lollo sah sie erstaunt an.

„Das kann doch nur ein Scherz sein, oder?"

Lollo beugte sich über ihre Tasche und nahm Bluse, Jacke und ihren Waschbeutel heraus.

„Sag bloß, du hast auch ein Dirndl im Gepäck? Bei deinem tollen Dekolleté!", warf Elfie ein.

„Halt dich da raus", sagte Lollo, und das Bild des dunkelhaarigen Franz von heute stieg in ihr auf. Seine Hand auf Mutters Hüfte.

Die Cateringfirma aus Rosenheim war am nächsten Morgen schon früh in Garten und Haus tätig, als Lollo sich im Laufdress Richtung Kugleralm aufmachte. Die Wiesen waren noch feucht vom Tau, und der Dunst lag über dem Tal, als wolle er das unterhalb des Hauses liegende Dorf noch einige Zeit schlafen lassen. Auch wenn ihr das Joggen in der Höhe schwerfiel, trieb sie der Wille, sich zu überwinden, immer höher. Sie überquerte einen Fahrweg, der auch für Forstautos geeignet und erlaubt war. Dort sah sie den Jeep ihres Vaters stehen.

Bevor sie in Rufweite war, öffnete sich das vordere Seitenfenster und der Arm einer Frau gestikulierte heftig in der Luft. Lollo blieb erstarrt stehen, ihr Atem stockte.

Der Vater hier? Nach Sonnenaufgang? In seinem Jeep? Im Wald? Mit einer Frau?

Lollo hockte sich hinter einen Baum. Warum zitterte sie? Was ging sie das an, was der Vater hier im Wald mit einer Frau trieb? Sie kniff die Augen zusammen. Das kann doch nicht sein?! War es nicht Elfis Arm, der da aus dem Fenster gestikulierte? Wieso Elfi?

Lollo erhob sich, fühlte ihren Körper schwer, und die Laufkleidung klebte an ihrer verschwitzten Haut. Sie rannte los, achtete kaum auf Wurzeln und Steine, sie sprang wie eine Gämse, ganz ihrem Instinkt folgend, um schnell diesen Ort zu verlassen. Am liebsten wäre sie bis nach Friedrichshain gelaufen. Nach Berlin. Nur weg von diesem Ort. Diesem Ort, der ihr bereits als Kind, bedrückt von Lieblosigkeit und von zu viel falscher Natur, keine Heimat gegeben. Perchtengrauen und Wildererblut flossen durch ihre Fantasie, und sie rannte, bis sie das Haus erreicht hatte. Niemand bemerkte sie, so schnell hatte sie sich im Bad eingeschlossen und sich unter der Dusche dem Gefühl eines heißen und dann eiskalten Sturzbaches hingegeben.

Als sie in die Küche trat, schüttete sie sich aus der Thermoskanne eine Haferltasse mit Kaffee ein und trank ihn im Stehen. Die Mutter kam geschäftig in den Raum gestürmt und murmelte etwas von fehlendem Weißbier, ohne von Lollo eine Antwort zu erwarten.

Lollo wollte fotografieren. Das Licht war noch matt. Sie spürte immer, wenn sich ihr Blick auftat und eine Chance bestand für ihre Bilder. Gebäude waren ihr Thema. Häuser. Garagen. Besondere Bauwerke. Hütten und Wolkenkratzer. Die zeigte ihr letztes Buch. Mit Überbelichtung und Manipulationen am Computer erzeugte sie eine von der Realität abgerückte und zeitlose Stimmung. Bayerische Häuser hatte sie noch nie ins Visier genommen. Jetzt war es Zeit. Sie suchte ihren großen metallenen Fotokoffer. Er musste noch in Elfis Auto sein. Aber wo war Elfi? Stimmte ihre Vermutung? Mutter wusste nichts von der Schwester, und der Vater war noch nicht zurückgekommen.

Sie sah, wie die Mutter das Handy nahm. Sie streckte ihren Oberkörper, und ihr Gesicht schien mit dem

Handy verschmelzen zu wollen. Das Ding am linken Ohr, schützte sie ihre Sprechsuada mit ihrer rechten Hand. Lächerlich, dachte Lollo, so sieht man in Italien die Männer an jeder Straßenecke stehen und mit ihren Geliebten flüstern.

Geliebter Franz. Mutters Geliebter Franz. Ihr erster Geliebter Franz.

Lollo holte aus dem Schuppen eines der Räder und schwang sich darauf wie vor Jahren und fuhr Richtung Tal zum Marktplatz. Nichts hatte sich verändert. Sogar der Maibaum zeigte die gleichen Handwerkersymbole. Das Schild des Arztes für Allgemeinmedizin. Die alte Apotheke. Beim angrenzenden Haus läutete sie.

Franz öffnete ihr die Tür.

„Ich wusste, dass du kommst", sagte er.

„Du wusstest es?"

„Deine Mutter sagt immer, eines Tages kommt die Lollo wieder ..."

„Ich will mit dir zu unserm See. Nichts anderes. Unser See."

„Ja, unser See."

Franz ging mit Lollo hinters Haus, das Apothekerhaus, das Franz seit dem Tod seiner Eltern allein bewohnte, und holte sein Mountainbike aus der Garage.

Sie radelten den vertrauten Weg. Mal Franz vor Lollo. Mal Lollo vor Franz. Nur wenige waren unterwegs, es war noch zu trüb für einen Ausflug.

Auf der Wiese vor dem moorigen See machten sie Halt, warfen die Räder ans Ufer, zogen sich aus und liefen in das braune Wasser. Ein junges Paar lag auf einer Decke, hörte mit dem iPod vermutlich Musik und döste. Sonst war die Wiese menschenleer.

Lollo und Franz durchquerten immer wieder untertauchend den See, schwammen bis zu der stillen Ecke, in der Seerosen ihre Blüten ausgebreitet hatten. Weiterschwimmen verboten, stand auf einem Schild im Wasser.

„Alles wie früher, Franz“, lachte Lollo.

Franz lachte zurück, und Lollo gefielen seine braunen, schimmernden Schultern und die schwarzen Haare, die sich durch die Feuchtigkeit ein wenig lockten.

„Alles wie früher, Lollo?“

Franz drehte unter Wasser einen Kreis um sie und tauchte neben ihr auf.

„Ja“, sagte Lollo und beide schwammen ans Ufer, ohne sich anzusehen.

Dort saßen sie eine Weile nebeneinander.

Wieder auf den Rädern, trocknete der Fahrtwind ihre noch etwas feuchten Haare, aber es war weniger die Feuchtigkeit als das Ziel, das beide kannten, das sie so schnell in die Pedale treten ließ.

Sie stellten die Räder am Waldrand ab und schlossen sie aneinander. Sie gingen den Fahrweg immer tiefer in den Wald hinein. Mal schien die Sonne durch die Baumkronen, mal war es dunkel durch das sich verschlingende Grün der Spitzen.

Als sie den Hochwald durchquert hatten, gingen sie weiter bergauf, durch niedriges Gestrüpp, an Baumstümpfen vorbei, an denen Pilze und Beeren wuchsen.

„Hier war es.“ Franz blieb stehen.

„Das kann nicht sein“, antwortete Lollo. „Es ist acht Jahre her.“

„Nein, zehn sind es schon, Lollo.“

„Das muss ja zugewachsen sein.“

Franz riss an einer Stelle alles stachelige Grün aus der Erde, sodass sich ein Platz aus Tannennadeln, Moos und feinem Gras auftat.

„Von hier aus können wir auch unseren See sehen.“ Lollo zeigte zwischen den Kiefern in Richtung Moorsee.

Franz umarmte sie von hinten und zog sie an sich, so wie er es damals immer getan hatte. Lollo erkannte seine Hände, seine Zärtlichkeit und das leidenschaftliche Drängen. Ihr Erstaunen steigerte die Lust, sich gemeinsam nackt auf den Waldboden zu legen. Da war wieder dieser Duft von Tannennadeln und Grün, das Kitzeln von Kräutern und Heidelbeergestrüpp auf ihrer Haut, die der Liebe in der Natur in der Jugend einen besonderen und fast abenteuerlichen Reiz verschafft hatte.

Seine Hände umfassten ihre Brüste, und wenn er sie küsste, leckte und zärtlich biss, fühlte Lollo sich wie mit achtzehn. Ihr Ort. Ihr Geheimnis. Hier entdeckte sie die Leidenschaft und auch die des Mannes. Franz war ihr erster Geliebter, der ihr zeigte, wie lustvoll ihn die Berührung seiner Brustwarzen machte. Seine Brustwarzen standen unter ihrer Zärtlichkeit auf. Lollo lag nun über ihm und streichelte und küsste die erigierten Warzen. Ihre bräunliche Farbe schien sich zu verdunkeln, und Schweißtropfen verteilten sich über seinen Brustkorb. Franz Stimme klang rau und selig, als er ihr zuflüsterte:

„Keiner liebt meine Brust so wie du. Wie habe ich mich danach gesehnt! Du machst mich fast wahnsinnig."

Sein Körper bäumte sich ihr entgegen. Da packte er sie an ihren Hüften, hob sie hoch und ließ sie langsam auf sein Geschlecht gleiten.

Nach dem Höhepunkt blieben sie innig wie erdwarme Kröten aufeinander liegen, und ihr Atem ging ruhig und gleichmäßig.

„Und du schläfst mit meiner Mutter?", kam es leise aus Lollos Mund.

„Wieso glaubst du das?"

„Eure Vertrautheit, ich hab euch beobachtet."

„Sie ist sehr allein. Du weißt, dein Vater hat seit langem kein Interesse mehr an ihr."

„Du bist ihr Seelentröster", ironisierte ihre Stimme die Worte, „... aber sie ist meine Mutter!"

Franz schwieg.

„Du weißt es immer noch nicht?", fragte er zögerlich.

„Was meinst du?"

Lollo bemerkte die Unruhe in seinem Körper und setzte sich neben ihn. Franz sah sie an.

„Red, red endlich!", ereiferte sich Lollo.

Franz saß im Schneidersitz vor ihr und nahm ihre Hand.

„Sie ist nicht deine leibliche Mutter. Elfi hat dich geboren."

„Was sagst du da?"

Lollo schnappte nach Luft.

„Elfi trug dich aus, weil deine Mutter keine Kinder bekommen konnte."

„Und Vater?"

„Vater mochte Elfi, und Elfi tat es für ihre Schwester und ihn."

„Ich bin künstlich entstanden ... oder wie?! In Elfis Bauch ... ausgetragen?! Vaters Kind, ja ...?"

Lollo traten Tränen in die Augen. Sie zitterte am ganzen Körper.

„Deine Großeltern haben deinen Vater unter Druck gesetzt, ihn erpresst, entweder das Kind als seines mit der älteren Tochter auszugeben, oder sie hätten den Hof versteigert."

„Und alle drei sind auf diesen teuflischen Pakt eingegangen?", rief Lollo verzweifelt und laut.

„Ja, damals schon. Nach deiner Geburt ist Elfi Hals über Kopf nach Berlin. Die Großeltern und dein Vater haben ihr die große Fotowerkstatt eingerichtet."

„Sie hat sich kaufen lassen? Und ihr eigenes Kind als Tauschhandel hergegeben?!"

Lollo ließ sich auf den Boden sinken und rollte sich hin und her und wimmerte wie ein Tier. Franz ließ es geschehen. Er legte schließlich sein Hemd über sie und streichelte ihre Haare.

Lollo lag wie im Traum. Wolken zogen am Himmel auf, und es begann zu regnen. Die Tropfen stießen wie Messerspitzen auf ihre Haut, und es tat gut. Sie blieb im Regen liegen und schwieg, bis Zorn sie erfasste: „Verdammt, ich wusste doch, ich darf nicht mehr hierher zurückkommen."

Und dann spürte sie Franz neben sich, sah ihn an und sagte nach einer längere Pause des Schweigens leise und bestimmt: „Ich hab keine Lust auf bayerische Bauerndramen!"

Lollo merkte nun, dass ihr kalt geworden war, und beide zogen sich langsam und schweigend an. Sie verließen ihren Ort im Wald.

„Jetzt weiß ich endlich, warum mir Mutter immer so fremd war."

„Sie hat ihr Leben lang sehr unter der Lüge gelitten", antwortete Franz, „Elfi durfte dir nichts sagen."

„Wir sind uns sehr ähnlich, Elfi und ich", sagte Lollo leise. „Und Vater?"

„Dein Vater ... Er ist zum Eigenbrötler geworden. Das liebste ist ihm die Jagd und der Wald."

„Ich sah Vater und Elfi heute Morgen im Wald, in seinem Jeep."

„Ich nehme an, er wollte mit ihr darüber reden, dir endlich die Wahrheit zu sagen."

Um die Festtafel vor dem Haus saßen viele Gäste, als Lollo und Franz sich dem Hof näherten. Sie ging ins Haus und nahm aus Mutters Schrank das lange dunkelgrüne Festtagsdirndl, zog es an und band ihre Haare zu einem lockeren Kranz am Hinterkopf. In der Tracht wollte sie sich innerlich für immer von hier verabschieden. Sie ging auf den Vater zu, der sie erstaunt ansah. Vor den Augen der Mutter und Elfis fiel sie ihm um den Hals.

„Ich gratuliere dir, Papa. Ich wünsch dir Glück und Gesundheit und einen Zwölfender auf deiner nächsten Jagd in Ungarn! Ich dank dir für alles, was du für mich getan hast!", fügte sie leise hinzu.

Ich nahm heute ein warmes Bad. Das war mir so wohlig. Klein Elsbeth half mir. Sie tippte auf meine Brüste und fragte, was das sei. Ja Kind! Das sind Mysterien ...
Paula Modersohn-Becker im Herbst 1902

Zum Titelmotiv

Das Bild „Gabrielle d'Estrées und eine ihrer Schwestern" ist ein Doppelportrait in einem appartement des bains wie sie im 16. Jahrhundert im höfischen Frankreich Mode waren.

Es zeigt rechts Gabrielle d'Estrées, die Geliebte von Heinrich IV., eine der schönsten und meistgehassten Frauen ihrer Zeit, und links vermutlich eine ihrer Schwestern, Julienne d'Estrées, die Herzogin von Villars. Diese fasst, im Bade sitzend, mit spitzen Fingern an die rotgeschminkte Brustwarze ihrer Schwester, was als anzüglicher Hinweis auf eine Schwangerschaft gedeutet werden kann.
Dieser Interpretation folgend näht die Bedienstete im Bildhintergrund Kinderkleidung und das Gemälde über einem Kamin mit fast niedergebranntem Feuer könnte den Vater darstellen. Die Genitalien des nur teilweise sichtbaren Unterkörpers des nackten Mannes sind durch eine rote Decke verhüllt.
Tatsächlich hat Gabrielle d'Estrées vier Mal ein Kind von Heinrich IV. erwartet, 1594 gebar sie einen Sohn, César, später einen weiteren Sohn und eine Tochter. 1599 ist sie erneut schwanger und Heinrich IV. betreibt in Rom die Auflösung seiner Ehe mit Margarete von Valois.
Der Ring, den Gabrielle d'Estrées im Bild über den Rand der Badewanne hält, könnte der Ring sein, den der König am 2. März 1599 bei der öffentlichen Verlobung an die Hand seiner Mätresse gesteckt hat. Es ist der Investiturring, mit dem Heinrich IV. bei seiner Krönung feierlich Frankreich angetraut wurde. Der französische Adel ist empört.
Die hochschwangere Gabrielle d'Estrées verbringt Ostern auf Wunsch des Königs alleine in Paris. Am 7. April wird sie von heftigen Krämpfen heimgesucht, die Ärzte lassen auf sich warten und sie stirbt am 10. April 1599 qualvoll. Nach der vom französischen Hof offiziell verbreiteten Version war eine Schwangerschaftskomplikation die Ursache.

Der unbekannte Maler des wohl zwischen 1594 und 1598 entstandenen Bildes gehörte zur sogenannten Zweiten Schule von Fontainebleau, die während der Regierungszeit von Heinrich IV. für den französischen König tätig war.
Das Bild wurde 1937 vom Museé du Louvre in Paris erworben und ist dort in der ständigen Ausstellung zu sehen.

Eigene Zusammenfassung, basierend auf „Zwei kühle Schönheiten in der Wanne". In: Rose-Marie und Rainer Hagen „Meisterwerke europäischer Kunst als Dokumente ihrer Zeit erklärt", Köln 1986

Wir danken Professor Dr. Gerhard Rühm für die Genehmigung
des Abdrucks seines Chansons „mein steckenpferd“
in: Rühm, Gerhard: um zwölf uhr ist es sommer. Stuttgart: Reclam 2000

1. Auflage 2014

www.a1-verlag.de

Satz: Kretschmann2, Bad Aibling
Litho: Kochan & Partner GmbH, München
Typographie, Umschlagentwurf und Gestaltung: Konturwerk, Herbert Woyke
Titelmotiv: „Gabrielle d'Estrées und eine ihrer Schwestern“,
bpk/RMN – Grand Palais/René-Gabriel Ojéda
Druck und buchbinderische Verarbeitung: CPI – Ebner & Spiegel, Ulm
Papier Innenteil: 90 g/m² Schleipen Werkdruck bläulich weiß, 1,75-fach
Papier Schutzumschlag: 135 g/m² Bilderdruck weiß hochglänzend
Überzug: 115 g/m² Surbalin Seda pastell-pfirsich von Peyer
Papier Vor- und Nachsatz: 115 g/m² Surbalin glatt eisblau von Peyer
Gesetzt aus der 10,7/13,1 Punkt Minion Pro regular
Printed in Germany
ISBN 978-3-940666-55-0